VALE LA PENA

UNA ALTERNATIVA PARA TU VIDA

VALE LA PENA

UNA ALTERNATIVA PARA TU VIDA

Adis

Para realizar pedidos de este libro, contacte con:
Palibrio LLC
1663 Liberty Drive
Suite 200
Bloomington, IN 47403
Gratis desde EE. UU. al 877.407.5847
Gratis desde México al 01.800.288.2243
Gratis desde España al 900.866.949
Desde otro país al +1.812.671.9757
Fax: 01.812.355.1576
ventas@palibrio.com
522548

Agradezco a todas las personas, al darme la oportunidad de apoyarlas y que gracias a ellas, logré un crecimiento y desarrollo invaluable.

A mis 3 hijos
A mi Madre y Padre
Hermanas
Hermanos
Amigos
Amigas
Ale
Elvia

México, D.F. junio del 2009

Prólogo

La historia que sigue a éstas páginas es una lección de vida, contenida dentro de una información variada de temas desconocidos que me han dado la oportunidad de crecer y de transmitir, a través del método de la escritura automatizada.

No pretendo ser, ni demostrar ser una vía evangelizadora; soy solamente un canal transmisor, cuyo objetivo no es otro que el de ayudar y apoyar a las personas en sus inquietudes y necesidades, así como la urgente empresa para salvar a nuestro planeta.

Los siguientes capítulos, están presentados tal cual fueron transcritos, sin ninguna modificación; en ellos está plasmada la historia de mis últimos 10 años, en el que narro el momento en el que conocí y acepté los dones que me fueron otorgados.

También manifiesto variados temas como: el calentamiento global, los extraterrestres, el universo, comentarios generales sobre la salud, la vida y la muerte, así como información sobre el ADN a través de los años, las células, los órganos, la degradación del planeta, los Pleyadianos, Dios del Universo, naves espaciales y generalidades sobre flora y fauna.

El objetivo de éste compendio es con el propósito de compartir mis experiencias y los comunicados del "Cuate", como él se nombra, y a quien le agradezco infinitamente su apoyo, su presencia y su luz...

Y aunque sorprendida, satisfecha y contenta, por todo aquello para lo cual me ha preparado, en diferentes formas, caminos y vivencias, en todos éstos años transcurridos me sigo preguntando... "¿por qué yo?"

Adis.

PRIMER CAPITULO

Año 1998

INICIO

Recuerdo que todo empezó una noche de noviembre de 1998, al estar dormida, soñé que platicaba con mi papá, quien por cierto, falleció el 18 de abril de 1986.

Durante el sueño, él me contestaba, oía claramente su voz, me corregía, aconsejaba y opinaba de lo que me había hecho durante el día.

Estaba consciente de que mi padre estaba muerto, lo que no me causaba miedo, todo lo contrario, me gustaba y sentía su apoyo.

Ese fue el inicio de mis noches y sueños donde comentábamos cosas cotidianas y sencillas, que a su vez me motivaban a corregir algunas conductas, como enojo, simplemente guiándome a ser yo misma.

MI "NUEVO AMIGO Y GUÍA"

Al pasar el tiempo, quizá un mes, me dijo: "CUANDO FUI FANTASMA, TODOS CREYERON EN MI, AHORA QUE SOY ESPIRITU NADIE CREE EN MI". Lo anterior refiriéndose a mi familia. Ya que si les comentaba algo de lo que me decía, me miraban y me decían "te sientes bien".

La vivencia y poder entender esos sueños, que eran realidad y difíciles de comentar, eran únicos, por supuesto no comentaba con nadie, por creer que era algo muy íntimo e imposible que alguien me entendiera o creyera.

Sin embargo, con el tiempo me entere que era común la falta de credibilidad de la familia, en hechos como el mío.

En ese tiempo, iniciaba una etapa difícil, una desintegración familiar y contrariamente a lo que se podía pensar, me llegó una paz interior y tranquilidad, lo cual permitió mi crecimiento y desarrollo espiritual.

La separación de mi esposo, me dio paz interior; al tener esta sensibilidad fue una gran ayuda para enfrentar y apoyar a mis hijos con el cambio de vida que se nos presentaba, situación que desgraciadamente se ha vuelto muy común en nuestra sociedad.

Y por supuesto con el apoyo de mi papá me dio la certeza que era lo mejor, ya que con su guía me sentía apoyada y haciendo lo correcto, para mi y mis hijos.

Los días eran cotidianos, trabajaba por mi cuenta, hacía las labores del hogar, ayudaba a mis hijos con las tareas del colegio, etcétera.

Sin embargo, no por ser tan rutinarias se me hacían pesadas, dichas actividades me relajaban y consciente de mis problemas, los veía de otra perspectiva, positivamente y a su vez dándome idea para salir adelante.

Al llegar la noche, ya tenía preparadas preguntas, pues al dormir contactaba con mi papá y yo sabía que me contestaría acertadamente y no decía precisamente lo que quería oír, si no lo que necesitaba escuchar.

Estos sueños o pláticas, no afectaban mi descanso, me relajaban, incluso, me eran tan necesarios, pues ya me había acostumbrado a tenerlo tan cerca.

En las pláticas nocturnas, al paso de los días, me hacia comentarios más profundos y de otro tipo, hablando, inclusive de personas que no conocía, proyectos médicos, ya no tan sólo de mi entorno y comentaba que todo llegaría en su momento.

Comentario que a través del tiempo e comprobado, "todo llega en su momento".

En ocasiones le preguntaba por la salud de algunos conocidos y me informaba algunos detalles de salud.

Anteriormente me había comentado que no podría contactarme directamente con nadie únicamente con el y así a sucedido hasta la fecha.

Recuerdo que un domingo me dijo: "En cuanto puedas te vas a la casa de tu madre, tu abuelita esta a punto de tener un infarto".

Esta fue la primera petición que me hizo para apoyar alguien y de algún modo salvarle la vida.

A primera hora y siguiendo su petición, me dirigí al domicilio de mi mamá, le pregunté a mi abuelita como se sentía. Me contestó que mal.

Inmediatamente nos dirigimos al hospital y efectivamente, llegamos a tiempo para que la atendieran, tenía la presión muy alta, lo que estaba a punto de provocar un infarto al miocardio.

Detalles de ese tipo iban en aumento, pero aún no me daba cuenta que pasaba o hacia donde iba, era maravilloso y además fácil, sin darme cuenta estaba aceptado el crecimiento y desarrollo de los dones.

Mi padre era mi guía y conseguía a través de sus peticiones mi credibilidad, al cumplirse sus avisos.

En una ocasión, me comentó que por el momento hablaba con él, que era un proceso de aprendizaje, que pronto lo haría con otra persona, que él era mi socio en su mundo.

Le pregunté: ¿por qué?. Me dijo que él vivía a través de mí en dos mundos, al igual que yo.

Algo así, como que yo era el canal hacía su mundo y en el mío, aunque para mi estos temas eran desconocidos estaba abierta para aprender y aceptar, que todo puede suceder.

Pasaban los días y cada vez confirmaba lo que platicábamos, sinceramente pensaba que esto sería para siempre y no me dejaría de hablar en mis sueños.

En una ocasión tuve un problema renal, con temperatura alta. Esa noche me sentía mal, por lo que no esperé a dormir para tener contacto con mi padre, y despierta le dije: "Hoy no vamos a poder platicar, me siento muy, mal".

De inmediato escuché una voz de mujer que contestaba: "No te preocupes, todo estará bien".

Dicha expresión de la voz femenina me sorprendió.

Pensé "No es posible, ya que únicamente en la casa se encontraban los niños y estaban dormidos".

Quizás es la fuerte temperatura, me conteste, por lo que no le di importancia.

Hasta hoy comprendo que esa voz correspondía al don de curación, sé que aunque no la he vuelto a escuchar, la tranquilidad que me trasmitió durante ese trance, me hizo sentir mejor y confiada.

El problema, era que nadie me creía lo que estaba viviendo, mi familia, madre y hermanos, se mostraban incrédulos ante mis comentarios.

Me decían "no es posible, te conocemos desde hace años y no tenías esa capacidad, ¿por que hoy?, yo les contestaba "si lo supiera, se los diría"

Como el día en que unos de mis cuñados, tenía que viajar a Australia y no tenía los documentos necesarios, pese la fecha se acercaba y le comente a mi mamá "si se va", que no ves que ya no tiene tiempo se fueron los del grupo, insistí "aún así se va a ir".

"Qué me das si el salva este viaje". Dos días después, mi cuñado viajo como estaba previsto.

COMPRENSIÓN O INDIFERENCIA

Aún comentándoles y que además se confirmaban los avisos, me informó que mi mamá tendría un regalo para mí, y efectivamente al llegar a casa de mi mamá lo primero que me dijo, te tengo un regalo, no me sorprendí y me dijo: "Te lo avisó tu papá".

Decían que "como creía que él me hablaba", pese a que veían los mensajes o advertencias que nos enviaba, como el caso de mi abuela enferma, todos se resistían a creer.

Por su falta de credibilidad no alcanzaban a denotar cosas diferentes en mi vida diaria, ya que los sueños me daban capacidad de canalizar mis emociones y sentimientos, situación en la que me encontraba recién desintegrada mi familia era normal, si se puede decir así, que tuviera depresión, pero al contrario me sentía muy bien y la soledad me hacía sentir paz.

Durante una plática de mi mamá con uno de mis cuñados, comentó que la separación me había trastornado.

Cuando me lo expuso, me dio risa, e inmediatamente hablé con mi madre se encontraba preocupada y le expliqué que era un hecho real, que le daba la razón en parte, que aun a mí, me era difícil entenderlo y canalizarlo.

Su respuesta, fue parecida a la de Santo Tomás: "Hasta no ver, no creer". ¿Pruebas?, ¿Más de las que te he dado?, le respondí: "La fe no se ve, no se toca, menos se come y no puedo hacer más".

Para no entrar en más detalles, decidí no comentar mis sueños, evitaba las discusiones y comentarios al respecto, estaba segura y eso me bastaba.

Año 2000

MI NUEVO ENCUENTRO

En el año 2000, mi papá o mi socio como él decía, me comentó que esa sería la última noche que hablaríamos.

Me explicó que a través de los sueños, yo había adquirido y desarrollado lo necesario, ahora tendría que encontrar la forma de contactarlo durante el día y la noche, sin la necesidad de dormir, estaría consciente para poder platicar y comentar diferentes temas o situaciones.

Dicho comentario no lo entendí.

Por último me dijo que mi mente estaba sellada, que nadie más podría entrar y que era cordón dorado.

Me resistía a creer que se alejaría; la primera noche después de dos años de compartir con el, sentí un vacío y soledad.

Para decir verdad dichos comentarios de la mente sellada y el cordón dorado, no lo entendía ya que no eran términos o temas de mi conocimiento, por lo tanto no le di importancia.

Pasaron tres días y me preguntaba: "que quiso decir".

En esa época, mis hijos y yo, vivíamos en la casa de mi mamá. Recuerdo que había una revista que tenía en la portada un comentario acerca de la familia Grey, una pareja francesa que desgraciadamente había perdido a su hija en un accidente y se comunicaban con ella a través de una grabadora de periodista por tener un micrófono muy sensible.

A estas alturas ya podría creer todo, mi experiencia de esos dos años, me dieron esa apertura y sensibilidad, que todo puede suceder y existir.

En el artículo, publicitaban conferencia al respecto, que pronto habría en la Ciudad de México, por lo que aquellos interesados en asistir, debían confirmar su asistencia. Y daban un teléfono, al que me comuniqué.

A la persona que me contestó, le expuse varias cosas que me había pasado en los últimos dos años.

Le insistí en mi preocupación, que mi familia era incrédula en lo que les contaba.

Me respondió que: "Era común que los familiares no creyeran". Me aconsejó que trabajara con escritura automática, en ese momento no sabía que era, por lo que me explicó como practicarlo.

Me detallo que debía usar un cuaderno y hacer una bitácora, trabajar solamente con lápiz, por eso de la polaridad, tener la mano volada, es decir, no recargarla en la mesa, sobre todo no procesar nada en la mente, dejar que la mano y el lápiz se muevan.

"Quizá te tardes en contactar a alguien", me advirtió.

Esa noche, se habían dormido los niños e inicie mis pruebas, en una libreta estilo italiano, seguí las indicaciones, e inmediatamente llevé una gran sorpresa.

En cuanto puse el lápiz en la hoja inicié a escribir, se movió lentamente mi mano e inicio trazos de letras.

Era nuevamente mi padre, quien me dijo: "ahora si podremos comunicarnos de día y noche", tuve una sensación de susto y a la vez de felicidad. Sentimientos encontrados, al encontrarme algo tan especial y diferente.

No me puse a pensar que era si era bueno o malo, simplemente que estaba pasando y era emocionante.

Esa primera noche, le comenté, que el lápiz se borraría muy pronto, respondió: "Lo usas por que quieres, la polaridad nada tiene que ver con el contacto".

Con su comentario decidí cambiar de lápiz a pluma más práctica y rápida para escribir.

Escribía seguido sin separaciones, para leerlo me tardaba un poco, el don de escritura no se procesa mentalmente, simplemente se deja llevar la mano, me enteraba hasta que lo leía, poco a poco fui aprendiendo y separando las palabras, tenía que seguir las indicaciones.

Posteriormente me especialicé, la practica me dio experiencia, y se realizaba como el había anunciado, "contacto de día y de noche".

Le preguntaba por que yo, y me decía: "Tú eres una mujer de retos y objetivos".

Su apoyo e ideas, me hacían sentir que el cambio era definitivo y mi destino de alguna forma se modificó.

Era más fácil cada vez, ya que en el momento que me pusiera escribir, salían mensajes, cuando escribía ciertas palabras como "oi" (hoy), lo corregía y me pedía que la dejara tal cual, que esa era su ortografía, a partir de ese momento no volví hacer alguna corrección a sus escritos.

Pero lo más importante, fue que mi padre me empezó hacer comentarios que al principio no entendía. Por ejemplo, le preguntaba de los dones que en una ocasión me comento tendría y que había adquirido a través de los sueños.

Me explicó que eran seis: escritura, parlamento, telepatía, auras, carisma y curación, éste último sería uno de mis mejores apoyos a las personas, que paulatinamente se iban ir desarrollando, tal cual ha sucedido.

En una ocasión, me pidió que dejara de escribir en el cuaderno, en ese instante, me quedaban pocas hojas. Me sugirió que iniciara en libretas tamaño profesional.

Recuerdo que en dichas libretas, ya no tenía la misma motivación, para mi no era lo mismo, inclusive en la primer hoja de la libreta, tuve la intención de romper la hoja.

Me sugirió que no rompiera esa hoja, al paso del tiempo, me di cuenta que era mi vida lo que escribía, lo cual, nuevamente me motivo seguir adelante.

Numeré cada hoja y las fechaba cada vez que iniciaba por las noches, en total completé seis libretas tamaño profesional, que aún conservo.

Quiero comentar que la escritura automática es algo muy especial, es la comunicación con otra dimensión, en donde se encuentran nuestros seres queridos, pero yo no sabía que hacer con ella.

Un día escribiendo me dijo que su amigo, David ya estaba con él. Le respondí que me lo saludara. (David amigo de mi papá desde su niñez).

NUEVO GUÍA

Después de unos días, le platiqué a mi mamá del contacto que tenía mi padre con su gran amigo David, ella se sorprendió y su primera reacción tomó el teléfono y le marcó, contestando David, por supuesto.

Mi mamá, paulatinamente me iba aceptando, con esto se fue un paso atrás.

Lo que comprendí era, que mi papá quería que me contactara con David, cosa que hice.

En algunas ocasiones las peticiones eran así, no literales, pues la rebeldía en mi se daba de repente al no poder comprender para que o por que me hacía peticiones.

Y lo cuestionaba cosa que por supuesto me quedaba igual, al no responderme, con o sin rebeldía tenía que esperar "todo llega en su momento".

Poco a poco aprendí a tener la paciencia y tolerancia para aceptar sus peticiones, sin cuestionarlo, que aun en este tiempo lo hago muy de repente.

David era médico cirujano, pero como *hobby* era un estudioso de la parapsicología, ya era una tradición familiar, su padre lo hacía también, tenía varias experiencias parapsicológicas propias y sorprendentes.

Lo contacte, le expuse lo que me sucedía y qué había pasado con la escritura automática, se sorprendió y le pareció extraordinario, comento "no es muy común, son aislados los casos".

El un día me comentó, que antes de iniciar una cirugía le preguntaba a su espíritu si debía operar o no, siempre de algún modo se lo comunicaba y hasta la fecha ninguna de las personas que opero habían fallecido.

Después de escuchar, me pidió prestadas las libretas, las estudió y me comentó que era un hecho real, después de varias sesiones, en las cuales me enseñaba a entender algunos conceptos que no entendía, me sugirió preguntara: ¿Quién escribía?. La respuesta fue: "Soy el Padre, no el Hijo".

No me di cuenta en que momento del proceso ya no era mi papá.

La sorpresa fue para ambos, "era el picudo", ¿quien estaba en contacto conmigo? "dude", "yo por qué", "si acepté por que era mi papá", "ahora de paso esto", como podrían entenderme si yo misma no entendía que pasaba.

En la última entrevista, por medio de una médium me certificaron que en verdad era un ser de luz, y era quien decía ser.

Es necesario aclarar que para obtener la certificación de algún don, se tiene que pasar por varios filtros, intensos procesos, pues en algunas ocasiones, ciertos espíritus se hacen pasar por seres de luz y en verdad no lo son.

Me explicaron que el cordón dorado es una jerarquía, y mi mente sellada, significaba que nadie podría entrar (refiriéndose a algún espíritu positivo o negativo), inclusive le pregunté un día "que si podría comunicarme con alguien mas", dijo "todo a través mío".

A esas fechas, apenas me empezaba a dar cuenta que todo era parte de un aprendizaje, porque de alguna forma todo lo que yo escribía se iba confirmando.

Gracias al apoyo que me proporcionó David, fue la certificación del desarrollo que se había efectuado durante estos años y motivarme a seguir adelante.

David creía en mi y me decía: "Llegaras a algo grande con el don de curación".

El comentario final de mi amigo David, por su parte había terminado, me aconsejo me dejara dirigir por el guía de luz que se presentaba a través de la escritura automática.

Y le agradecí su apoyo incondicional.

Los sucesivos meses con David era únicamente por vía telefónica, hasta el día de su muerte.

EL CUATE

Al pasar el tiempo, me costaba reconocer que ya no era mi papá, sino era otro espíritu quien se contactaba conmigo.

Una mañana mi hijo el pequeño de tres años, se quejó del estómago, lo llevé al doctor, quien me dijo: "No le habían comentado que el menor tiene un soplo en el corazón".

Mi reacción, fue enojarme, con el Cuate, le reprochaba porque no me avisaste; él contestaba: "Son procesos".

Estaba furiosa y preocupada. Busqué el mejor hospital infantil del sector salud, para que lo atendieran.

Seguía enojada con el Cuate y reclamándole, además le decía no vuelvo atender a ninguno de tus hijos, él me contestaba: "No te estoy castigando con tu hijo, pronto estará bien".

Los resultados del ecocardiograma, era un soplo funcional musical, lo que significaba que era algo leve y cerraría con el tiempo.

Ahora, el reproche era del Cuate hacia mi: "Te advertí que estaba bien, no me quisiste escuchar, por lo que tu fe aún no esta firme, hay que trabajar más".

Yo seguía escribiendo para mí, pero un día estaba una prima en mi casa, le dije hazme preguntas, ella dudaba, comencé a escribir y le dio información de trabajo y de su vida en general.

Comenzaba a entender que la escritura era para apoyar a las personas, en ese momento, me daba cuenta cómo funcionaría, era una línea directa con el otro mundo, "como él lo llamaba".

Sentía un cambio en mi, ya no veía los problemas iguales, me di cuenta que estaba aprendiendo a quererme y respetarme.

Una noche al comenzar a escribir, me hizo una pregunta que "me movió el tapete".

Debía tomar decisiones referente aceptar o no los dones. Le respondí: ¿Por qué tenía que aceptar? Me dijo: "Es libre albedrío".

La decisión, no fue fácil, sentí un compromiso mayor e incertidumbre, a su vez hice un recuento de lo que había vivido y aprendido en estos dos años y me sentí feliz.

Los acepté, pero puse mis condiciones, no voy a predicar religión. Él contestó: "No, mi credo, es lo que tu me des, yo te doy".

"No seré santa", a lo que respondió: "No, eres humana y tienes errores".

Te pido no me dejes perder el piso. Su respuesta fue: "No te dejaré volar, porque en dado caso yo te ayudaré a bajar"

Le pregunté si también sería mi socio. Su expresión fue: "No, sólo soy tu Cuate, pero además vives en un mundo material y trabajarás para mí".

¿Cómo?, Pregunté.

Me ejemplifico: "si tú regalas unas pastillas, en cuanto te des la vuelta las tiran, pero si tú las vendes a 500 pesos, serán las mejores, recuerda que estás en un mundo material, con esto te digo que tienes que venderte".

Le contesté: ¿Cómo crees que voy a vender tus ideas?.

Su respuesta fue: "No se te olvide que eres mi empleada y es la forma que te valorarán, a la gente de tu mundo les gusta poner precio y entre más caro es mejor la calidad".

Un comentario extra fue "de lo que te avise, no dudaras en decirlo", no entendía ese aviso en ese momento, quiso decir que por muy fuerte que fuera lo tendría que comentar.

A partir de este momento, me di cuenta que no supe ni cuándo ni cómo fue que se desarrollaron los dones, pero hice un compromiso espiritual, sin saber qué pasaría más adelante, pero me sentía muy feliz, confiada y con paz interior.

CONTINÚO CON MI DESARROLLO

Transcurrió el tiempo, se me había hecho costumbre escribir por las noches, en los escritos había muchos avisos que aún no se terminan de cumplir.

Después de la aceptación me volví un poco rebelde con las peticiones del Cuate, por que quería ver que todo lo que me decía fuera literal, según ya tenía suficiente información, y por supuesto no era así.

Hasta que comprendí que él era mi guía, y tendría que trabajar como cualquier gente para lograr mis objetivos, quizás con sus ideas pero, la única que tomaba las decisiones era yo.

Por los avisos e ideas que proporcionaba estime, que el tiempo y el espacio lo manejan de acuerdo a nuestra dimensión.

Si algún espíritu o fantasma aparece, el define con quien y en donde, dependiendo de sus necesidades y de acuerdo a nuestro tiempo y espacio.

Estoy de acuerdo que científicamente no se ha podido certificar alguno de estos hechos, sin embargo, existen y son situaciones parasicológicas o extrasensoriales no comprobables.

Para algunas preguntas que le hacía, me decía, "todo llega en su momento, ni antes ni después, imagínate que estas horneando un pastel y se esta cocinando"

Cuando estaba escribiendo y me decía frases dulces, de apapacho, me sentía tranquila pero no por leerlo, lo sentía, como cuando en ocasiones me regañaba sentía su enojo.

Además le deba las gracias por su paciencia y sus palabras, el siempre apapachador como gran amigo que es, no era fácil el proceso de aprendizaje, aprendía en la marcha.

Si daba algún aviso de fecha, me daba hora y día, o mes, inclusive año, pero en ocasiones no era tan preciso, como cuando me decía, ocurrirá el miércoles, pero no me indicaba cuál, qué miércoles, por lo que yo no estaba muy de acuerdo, no me gustaba comentarlos.

Sin embargo, lo hacía era un compromiso, y leía el escrito tal cual.

Comprendí que sus ideas tenían más de fondo cada vez, me gustaba, me hacía pensar y me forzaba de algún modo a buscar información al respecto motivaba mi curiosidad.

En algunas ocasiones si necesitaba su apoyo, le preguntaba, pero me daba, 5 o 6 respuestas de la misma pregunta y por cierto todas muy factibles, lo que variaba era la dificultad para realizarlo.

Yo tenía que elegir, seleccionaba la fácil, la cómoda, pero no era así y él me corregía, hacía que me esforzara, tomar la mejor opción.

A partir de que inicié los escritos con mi prima de alguna forma las personas empezaron a llegar, si soy sincera las primeras veces dudaban de mi falta de experiencia, sólo investigando o haciendo pruebas era como me enteraba para que o cómo de los dones, el me los escribía pero me dejaba lo demás, desarrollar las ideas.

Un domingo, tuve la idea de ir a la Plaza de las Estrellas (en la Ciudad de México), ahí hablé con varias personas, buscando trabajo, necesitaba dinero, ya que a partir de mi separación, mis tres hijos dependían de mí económicamente.

En esa ocasión, platicaba con un vendedor de la plaza. Le comenté lo que me estaba pasando y quién escribía.

Se inclinó ante mí y me dijo "eres cordón dorado y tienes una jerarquía alta, tienes mi respeto".

Me sentí rara y extrañada, pensé: "¿Qué es esto?", lógicamente yo no sabía nada de lo que hablaba, le di las gracias.

En la misma plaza, se me acercó una mujer joven y en llanto me cuestionó: "Tú que haces, ¿lees cartas?".

Le respondí que era escritura automática y trasmitía de la otra dimensión. "Me sentí rara al dar la información, no estaba acostumbrada hablar del tema con nadie".

Me pidió ayuda, y a través de dicho método, pudimos solucionar su problema. Por ello, me dio 200 pesos, con lo cual, me sentía agradecida y feliz. Yo no le había cobrado, por agradecimiento me pagó.

Rápidamente fui a casa de mi mamá y le comenté que había sucedido y me dijo "esta bien, que cosas se te ocurren".

MI FE

Los escritos eran variados, poco a poco comencé a confiar en mí, y tenía más soltura con las personas e indicarles que tenían que hacer preguntas.

En ocasiones, sentía que los escritos no eran suficientes, sin embargo, la expresión de la persona que tenía enfrente se veía complacida. Entendí que les daba lo que necesitaba y no lo que querían.

Durante las consultas que yo daba, algunas personas eran muy directas y otras no, esperaban que yo por medio de la escritura les dijera todo, lo que no funcionaba así.

En una ocasión me llamaron de larga distancia, conteste y la persona en la línea, me reprochó en una forma agresiva, "no funcionas, me dijeron que solo contestabas y hablabas como si me conocieras", al momento que mencionó esas palabras, me cerré y respondí: "tienes razón no funciono, colgué".

La sensación que tuve era de una persona bastante incrédula y desde sus primeras palabras, no pude percibir, requería su credibilidad y sensibilidad.

Regularmente todos tenemos una pregunta en específico y es la que se hace, contestada la primera, hay mismo salen otras.

A partir que empecé a trabajar con diferentes personas, me daban confianza y se desarrollaban los dones sin darme cuenta.

La energía que cada gente me daba a través de su credibilidad, me hacía crecer.

A fines de 2000, de los muchos escritos que había hecho meses atrás, había indicaciones de que yo estaría en un programa de radio, un miércoles a las 10 de la mañana.

Una noche, recuerdo que era día lunes, me había dado la idea por medio de la escritura, que fuera a Televisa al día siguiente, y yo le decía pues muy buena idea, pero no creo que pueda entrar "Tu haz lo posible y yo me encargo de lo imposible".

A la siguiente mañana, dejé a mis hijos en el colegio, en ese momento llegó una de mis hermanas, que en ese instante tenía que ir a Televisa. La acompañé.

Y me decía durante el camino, "entrarás conmigo, pero no te voy a acompañar, ni te presentaré con nadie", le contestaba, esta bien.

Allí, tuve la oportunidad de acercarme a platicar con personas de una producción. Tuve una idea y pregunté: ¿Quién tenía programa de radio?, Me dijeron que era Mauricio, pero que llegaba hasta las dos de la tarde.

Eran las 12 del día, decidí esperarlo en la cafetería de Televisa y acompañada por mi hermana, que al final de cuentas estaba ahí.

Alrededor de las 13 de la tarde, nos fuimos a un foro, durante la espera estuve platicando con una joven de la producción que se encontraba embarazada, y le dije que si quería le escribía algo y aceptó.

Nuevamente, algo sorprendente pasó, por primera vez, escribía una receta naturista, era en licuado. En ese instante me avisaron que Mauricio se encontraba en maquillaje.

Me presenté con él, le comenté el don de escritura que poseo, se sorprendió, me permitió escribir, finalmente la información que le proporcioné a través del don de escritura le gustó, ya que todo coincidía con su vida y algunas novedades de su empresa.

Una de las cosas que le expuse, fue que su hijo tendría gripa, él y yo nos sorprendimos, pues francamente se me hizo sin chiste.

Al término, me informó que tenía un programa de radio, por lo que me invitó, advirtiéndome que los días en que podía asistir eran los miércoles o el viernes, a las 10 de la mañana.

Mi respuesta fue inmediata. "¡Sí el miércoles!. Inmediatamente recordé del aviso de hace meses, sería miércoles y a las 10".

Había sido muy rápido y la entrevista más, estábamos a día martes y al día siguiente sería. Como el Cuate decía "todo llega en su momento".

Esa misma noche, anterior a la entrevista, fue muy especial, me escribió una frase que me encantó: "TU HOY, NO ES TU MAÑANA", siempre refiriéndose al presente y futuro, pero no al pasado.

Por la mañana, fui a dejar a mis hijos al colegio y de hay me dirigí a la estación, cuando iba a la estación de radio, me cuestionaba: "¿Qué me preguntarían?".

Me recibieron muy atentos, la entrevista fue muy amigable, hablé con mucha soltura. Preguntas como: "Por qué se había desarrollado este don de escritura", "Si tenía algún temor", "Por que el nombre de Cuate" preguntas básicamente con curiosidad.

Los productores estaban sorprendidos, ya que el número de llamadas, era más que otros días en el programa, y las felicitaciones para ellos por haberme presentado.

El teléfono timbraba constantemente, eran llamadas de felicitaciones, hubo algunas críticas, argumentando que no era posible lo que yo había comentado, todo ello, creó polémica.

Más tarde, al llegar a mi casa las llamadas continuaban, diciéndome que era muy valiente al haber hablado como lo hice, otras solicitando citas, otras mas únicamente consultándome.

Lógicamente como todo había llegado de repente, yo no había tomado en cuenta que requería un sitio para atender a las personas, y al momento de hacer citas, decidí que fuera la dirección de un café cerca de mi domicilio.

Algunas llamadas que llegaron me sorprendieron, por las preguntas que me hacían, como números de lotería, si hablaba y veía fantasmas, que si podría ir a domicilios a sacar almas, etcétera, francamente nuevo para mí.

Estos cuestionamientos, originó que me invitaran constantemente al programa de radio y desencadeno realmente apoyar a las personas, por que de una forma u otra me había preparado durante ese tiempo.

Un día me llamó el director de la estación y me preguntó muy amable que buscaba al presentarme, "popularidad". Respondí: "Realmente no lo había pensado"; el comentó: "Llevo 20 años en la estación y nunca me había pasado que fueran a tocar a mi casa, para preguntarme por alguien que estuviera en algún programa, y ayer pasó, para saber, si usted era buena en lo que hace", les expliqué "que no la conocía, pero me dejaron la duda y en verdad me sorprendieron". Si él estaba sorprendido, yo más.

En una trasmisión del programa de radio, estábamos al aire, Mauricio mencionó, que a su hijo le había dado una gripa muy fuerte, y dijo "Adis me lo había mencionado", recordé que se lo había avisado en el escrito del día que lo conocí.

Por cierto, se me hacía muy difícil cobrar, pero recordaba aquellas palabras del Cuate: "si tú regalas unas pastillas, en cuanto te des la vuelta las tiran, pero si tú las vendes, serán las mejores".

Realmente era una empleada del Cuate, trabajábamos juntos para apoyar y guiar a las personas, a través de los escritos, era mi única entrada económica, y de alguna forma me había guiado y preparado para hacerlo.

La mayoría buscaba, solucionar sus problemas amorosos, de trabajo y de saber de sus seres queridos que ya no estaban en nuestro mundo, pero fueron varios los que me llamaron más la atención, incesto, suicidio, maltrato severo, vida después de la muerte.

Alguien un día me preguntó: "Qué si no me afectaba lo que me platicaban". Mi respuesta fue que no, por que se les daba la guía y tenían libre albedrío para tomar la decisión.

Con eso aprendía más, y había cosas en común, la necesidad que tenían de un apoyo, y en algunas ocasiones, no precisamente de salidas rápidas por que muchas de ellas tendrían que trabajar para lograrlo, por ejemplo, cambio de actitud de la persona para llegar a mejorar en su problema.

DOBLEMENTE FELIZ

Este empleo, me hacía doblemente feliz, porque no descuidaba a mis hijos, mis horarios los podía acoplar con los del colegio, hacía citas de noche cuando no se afectaba la atención a ellos. Todo se iba acomodando.

Mi familia se daba cuenta pero al menos ya no criticaban, intentaban entenderme un poco.

Mi mamá siempre apoyándome pero con sus reservas, ella escuchaba y callaba, sabiendo que había gente que me buscaba para ayudarlas.

Mis hijos, según mi criterio, no estaban preparados a comentarles esto que me sucedía, quizá con más tiempo y madures.

Que en realidad no sabía cuanto tiempo iba a durar, pensaba que en cualquier momento podría dejar de tener los dones, como habían llegado, de repente, tal vez del mismo modo se irían.

Valoraba cada momento o situación que vivía diariamente, rescatando lo positivo de cada uno de ellos.

Año 2001

PRUEBA DE FE

En el programa de radio de la mañana estuve en varios programas, hasta que lo cancelaron.

En 2001, tuve una de las mejores experiencias, fue en la misma estación pero en horario nocturno, a las 12 de la noche.

El mismo director de la estación de radio, hizo contacto con el locutor del programa nocturno, y le pidió entrevista para mí, que fue ese mismo día, por la noche.

Tendría la oportunidad de contestar las llamadas en vivo, anteriormente no había tenido la experiencia, y tenía la curiosidad "que pasaría".

Nuevamente me cuestionaba, en dicho horario: "Quién va oír radio a esa hora", pero me presenté. Llegué media hora antes como me lo habían solicitado, ya me estaba esperando el locutor, me preguntó "que si yo sabía todo".

Pese a que me sorprendió su pregunta, le contesté: "No, sólo sé lo que necesito saber". Soltó la carcajada, y respondió. "Eres verdadera".

¿Por qué?, le cuestioné, a lo que respondió: "Aquí han venido personas que dicen que saben todo".

Después de hacer migas, iniciamos con la entrevista, al instante invitaba a los radioescuchas a llamar y hacer preguntas.

El timbrar del teléfono no cesaba, el total fueron 50 llamadas, todas contestadas. Terminé a las 5 de la mañana. Allí noté que mi sensibilidad había aumentado y aún por vía telefónica, podía percibir problemas prioritarios de las personas, incluso de salud; esto originó varias invitaciones en diferentes meses en ese programa de radio.

De las llamadas que me sorprendieron fueron aquellas personas que me expusieron: "Te felicito. Fíjate que cuando estaba escuchándote, vi una luz que salió de mi radio, por ello, te escuché toda la noche", "me desvelé con usted", "estaba buscando alguna estación que me gustara y te encontré, no le cambié", "ojala estuvieras mas seguido en el programa, eres muy positiva".

Dichas anécdotas me sorprendieron, al definir de las necesidades que tienen las personas por la noche y que requerían en mucho de los casos, que alguien los escuchara, por su soledad.

Actualmente es uno de mis proyectos, es tener un programa de radio con horario nocturno, los programas radiofónicos nocturnos, me dejaron un gran sabor de boca, proporcionando quizás un poco de ayuda para esos radioescuchas y de algún modo apoyarlos a encontrarse a si mismos.

Otro de los cuestionamientos fue una llamada que sin más me dijo: "Oiga usted es la bruja".

A lo que respondí: "No soy bruja, ¿qué se te ofrece...?"

Inmediato cuestionó: "¿Mi mamá va tener novio?".

Le expliqué que su mamá, primero tenía que cerrar círculos, -su mamá continuaba casada-.

En algunas ocasiones me pedían mi dirección, para enviarme algún regalo, no se las daba, aunque les agradecía el detalle pero, desconfiaba, lo mismo hacía con las entrevistas, por que no a todas las personas les daba cita.

Quienes su voz no me daba confianza, el apoyo era sólo por teléfono.

Pero no todo en la radio era felicidad. Una mañana en la estación, una productora me propuso participar en un programa conducido por una locutora.

Ya en cabina, me hicieron varias preguntas, mi respuesta fue que hasta ese momento el desarrollo de los dones no era al cien por ciento.

Ello molestó a la locutora, y me señaló que conocía a gente como yo, que a mí me faltaba mucho por hacer.

A modo de reto, me advirtió que si quería que en verdad ella creyera, le llevara personas de todos los extractos sociales, con las cuales había trabajado.

Me hizo sentir mal por la incredulidad y me hizo dudar de lo que hacía, cuando lo pensé, decidí no hacer nada para convencerla, tomé la decisión de hacer lo que había hecho ya desde hace unos años, ser yo misma y seguir adelante, simplemente fue una mala experiencia, pensé.

MI LOCURA

Por causas que no vienen al caso, mi divorcio estaba en proceso, en una de las audiencias, el abogado de mí exesposo, se me acercó y me amenazó, por lo que tenía que cambiar el divorcio necesario a divorcio voluntario.

Me advirtió de que si no aceptaba, iban argumentar que estaba loca, por decir que tenía un don escritura, y la usarían como prueba de locura. Mi respuesta fue que hiciera lo que creyera conveniente, me di la vuelta y me retiré.

Sentí fortaleza, no podía perder la fe, que crecía a través de los años, confiando en la ayuda del Cuate, quien me indicaba que todo estaba bien.

Me daba tristeza ver a dicho abogado sin sensibilidad, que además de tener la intención de utilizar estos dones como delito o locura, que no tenía la facultad de ver existen diferentes formas de apoyo de otro mundo o dimensión.

Como bien decía el Cuate, todo termino en buenos términos y a favor.

NUEVO DON

Ya me había adaptado a trabajar con el don de escritura; en una ocasión, una amiga me pidió que la acompañara al Palacio Nacional a meter un escrito de un problema que la aquejaba.

El Palacio Nacional es una construcción de la época de la conquista española.

Al entrar me sentí muy mal, creía por que al entrar estaban soldados con rifles y eso me impresionó, por la energía que despiden, sentía una energía muy pesada, quizá me bajó la presión, -pensaba-, me tuve que sentar.

Al estar sentada observe el jardín, y vi incrédula como un español con uniforme de la conquista golpeaba a un indígena y el Frayle Juan de Zumárraga le detenía la mano.

Me gire y vi. los pasillos que se encontraban alrededor del jardín, aparecieron una fila de indígenas amarrados de las manos y custodiados por españoles, me decía no puede ser, si que estoy mal. Me quede sorprendida, eso paso en segundos, no encontré explicación.

Al salir del lugar, me recuperé, al tiempo llegaba otra sorpresa, decía palabras que no había procesado o pensado, simplemente las decía.

Le comenté a mi amiga que algo me había sucedido, comprendí que algo más se había desarrollado, cosa curiosa, ya anteriormente me había dado cuenta que al momento de recibir energía me dolía el centro de la cabeza, y ahora no había sido la excepción, y ahora por el don de parlamento.

Una vez más se confirmaba otro de los avisos del Cuate; a partir de ese momento empecé a dejar la escritura, y usar el parlamento en las citas.

Descubrí que la energía que hay en el Palacio Nacional se debe a los espíritus de los indígenas que habían muerto en la época de la conquista, por parte de los españoles, y aún después de tantos años continúan en el mismo lugar, sin embargo, ello me irradió energía positiva.

Con unas semanas de practicar el don de parlamento, ya no usaba la escritura, solamente en contadas ocasiones o a petición de la persona.

Al hablar, me sorprendía, por que salía la idea, para cualquier persona, siempre positiva, "no te preocupes todos se va arreglar", "necesitas cambiar". Me daba cuenta que se me facilitaba más que la escritura.

Me pasaba que algunas veces, como en los escritos, no entendía que quería decir, pero las personas si, era igual con el parlamento y era discreta no comentaba. Bueno al final de cuentas los mensajes eran para esas personas no para mí.

Solo se que en cada escrito o parlamento les informaba lo necesario y les daba, de alguna forma fuerza para sacar adelante los problemas o la toma decisión de sus problemas del momento, y que actualmente sigo con el mismo sistema o forma de apoyo.

Año 2002

NUEVAS EXPERIENCIAS

En el 2002, tuve la oportunidad de conocer personas de diferentes profesiones, entre ellas estaba mi amiga la doctora Alma, de un hospital de sector salud, que me avisa de alguna conferencia, a la cual, yo asistía, siempre y cuando no afectaran los horarios de mis hijos.

En una ocasión, asistí a un coloquio y al salir me di cuenta que una señora no me quitaba la vista de encima, haciendo un gesto de sorpresa, me dio curiosidad.

Pasando un tiempo fui al consultorio de Alma y me encontré ahí a la señora que me veía con curiosidad, y me comentó: "Disculpa que te vi con insistencia, pero yo veo las auras y tu estas rodeada por seis seres de luz, que te rebasan en altura".

En verdad, esto fue otra sorpresa, ya me lo había avisado el Cuate que cada uno de ellos representaba un don y me protegían, lo que no sabía que alguien tan sensible los podría ver.

En otra ocasión, en el mismo hospital, visité a mi amiga Lulú, y se encontraba con un doctor especialista, posgraduado en transplantes de riñones, en Francia, me presentó como naturista, el muy cortés.

Le dije: "Doctor, si pusieran más atención en sistema inmunológico de las personas que serán transplantadas, el sistemas inmunológico se a modificado a tal grado que las mismas células de una persona son diferentes en su mismo organismo dependiendo del órgano que se investigue aun no siendo el del transplante y con las cuales se podrían apoyar para información básica y no tan solo para transplantes para cualquier enfermedad del siglo XXI y no se presentarían tantos rechazos.

Estoy de acuerdo que el estudio del ADN es muy costos y en las emergencias sería difícil, sin embargo tomando en cuenta que regularmente las personas que esperan inclusive por años para ser transplantadas, esa investigación les daría la pauta para tener mas éxitos en los transplantes. "Cómo siguen con el potasio para conservar los órganos que serán transplantados".

Él me contestó: "Cómo ha leído, todo eso es para investigación". El médico salió, al instante, mi amiga y yo sonreímos, además, las dos estábamos sorprendidas de la plática.

Era la primera vez que sostenía una conversación de esa índole y con un especialista, aprendí muchas cosas de esa plática, no sabía que los órganos se conservan en potasio, ni del ADN, esa plática fue muy ilustrativa y además me encantó

NUEVA RECETA

Una tarde visité a una amiga que aplicaba acupuntura y me comentó que la persona que le vendía un gel reductor ya no había ido, rápidamente le dije, "no te preocupes te doy la receta".

Fue de las primeras recetas que recomendé, me sorprendió porque en ese instante hablaba de un gel reductor, estrías y reafirmante, o sea, es tres en uno.

Me dijo "por que tu no lo haces", lo que me dio una idea. Investigué en una droguería, que químicos requería para un extracto natural que lo quería convertir en gel, me explicaron, lo hice.

Allí inicié la venta con buenos resultados, sobre todo porque funcionaba con sus tres características y en verdad era bien aceptado por ser un gel cien por ciento natural y muy práctico en su aplicación.

Esto me confirmaba que algo más se desarrollaba.

Quizá en un proceso más lento: era el don de curación. Saqué en conclusión que serían recetas naturistas, ya se habían dado dos: el licuado y el gel, se conformaban de frutas y verduras, tomando en cuenta que de alguna forma me guiaba a realizar y practicar cosas nuevas y novedosas.

Pasaron los días, el gel seguía vendiéndose, me ganaron las ventas y la forma que lo elaboraba, ya que tardaba días para cuajar.

Recordé que conocía a un ingeniero químico farmacéutico especialista en naturismo y era director de un laboratorio, fui a visitarlo le comenté lo que me sucedía y por supuesto me llamó la atención.

Me expuso: "zapatero a tu zapato, tú eres naturista, no química, ese trabajo me toca a mí". A partir de entonces mi gran amigo José se encarga de elaborar el gel.

Continuaban las citas y la venta del gel reductor, así que había crecido.

Ya habían pasado dos años, todo se había acomodado al don de escritura, parlamento, con ello, ayuda a curar. "Quizá ya esta completo el desarrollo de los dones", pensé; cada día se me hacían más normales las situaciones que se presentaban.

POPULARIDAD

Mi popularidad, -si se podría llamar así-, crecía, me llamaba gente nueva, argumentando que habían guardado mi número telefónico y lo acaba de encontrar, preguntándome si estaba en otra estación, alguna receta que había dado, eran diferentes.

Pero de alguna mi camino se había dirigido a los productos naturales, y las entrevistas eran de vez en cuando y no tenían el sabor de las llamadas nocturnas en vivo.

Me contactaron vía telefónica, -nunca las conocí personalmente, varias mujeres con problemas domésticos, casi todas sufriendo maltrato.

Una noche me llamó una señora bastante alterada, me explicó que su esposo delante de los niños la había amenazado con un cuchillo, y le dije: "No te dejes, el no es más fuerte que tu, el próximo jueves vete al Centro de Atención a la Violencia Intrafamiliar (CAVI), pertenece a la Procuraduría General de Justicia del Distrito Federal (PGJDF), levanta una denuncia".

A los dos días me llamó, dándome las gracias, ya habían detenido a su esposo y lo pusieron a disposición del Ministerio Público, que además no era la primera vez que la amenazaba o golpeaba.

Otro día, María y me indicó: "Doctora". Le aclaré yo no soy doctora. Lo que le causó risa, respondiendo. "Mejor".

Me pedía ayuda para su mamá, tenía un problema de coordinación cerebral, le dicté una receta y le indique que se la preparara, al mes me llamó y me solicitó una cita, su mamá había mejorado.

Cosas curiosas me pasaban, en una ocasión llegó a la casa un sobrino y lo vi le pregunté: "¿viene alguien contigo, es un fantasma?". Sentí su presencia.

Me contestó: "Sí tía, fui al pueblo de un amigo y se me pegó. Pero, ¿qué quiere?, le pregunté "venir contigo, quiere que le des luz".

Pero como, según este fantasma estaba ahí por que algo necesitaba, después supe que una forma de dar luz es a través de sensibilidad, por medio de la mente desearle y darle apoyo. Algo aprendí ese día aun en el otro mundo requieren ayuda.

En otra ocasión, me citó una señora, por que su esposo había fallecido hacía unos meses, cuando estábamos en la plática, se inició un olor fétido, comprendí que era la presencia de esposo. Le pedí a la señora que por favor le dijera a su marido que se moviera, cosa que hizo y se fue el aroma. Ya hasta esas peticiones se me hacían normales.

Pese a que "todo rodaba sobre rieles", tenía mis diferencias con el Cuate, no estaba siempre de acuerdo a algunas peticiones, y era rebelde, me decía "recuerda que yo voy adelante de ti, y aunque tu no lo ves yo si".

En una ocasión le pregunté si algún día se iba a ir. Me aclaró: "No hasta que te mueras. Entonces vuelvo a seleccionar otra persona".

Otra de las dudas fue: ¿Desde cuando trabajas a través de las personas en nuestro mundo?. Su respuesta: "Desde que el mundo se creo estoy presente y no sólo a través de vidas humanas, sino de otros sistemas que aún no conoces".

Ahora mi duda fue: ¿Algún día los conoceré?, su respuesta fue inmediata: "Antes de cumplir 10 años de nuestro contacto, tendrás esos sistemas a tu alcancé".

Continuo "Los sistemas no son precisamente para darse a conocer a través de años, absolutamente la urgencia esta hoy en el planeta y los cambios climáticos están latentes.

Aún, sin embargo nadie de tu mundo las a estimado y no cuantifica los alcances de la situación actual del planeta, es indispensable de su conocimiento y aceptación, para el trabajo y apoyo que se requiere de toda la comunidad terrestre para la sanación y salvación del planeta.

Habrá algo nuevo, esos comentarios no los había dicho antes, me sorprendió y desde luego me puso a pensar, que pasaría después.

2003/2004

NUEVO MEDIO DE DIFUSIÓN

Seguía incursionando en cosas nuevas, en 2003, tuve la oportunidad de participar en una estación de radio por internet, inicié apoyando en un noticiero, después me dieron mi propio programa que se llamaba "Vale la pena" y cree un slogan "una alternativa para tu vida".

Mi gran sorpresa que aparentemente no usaba los dones, no mencioné en la estación que existían, pero en realidad todo el tiempo los usé, por que en este programa lo que hacía era entrevistar a doctores, licenciados, psicólogos, etcétera, funcionaba el don del parlamento.

Intercambié publicidad con una revista quincenal, más tarde, el periódico México Hoy, me invitó a participar con una columna diaria.

A mediados del 2004, por razones familiares me vi en la necesidad de dejar el programa ya que me habían cambiado el horario y ya no podía cumplir.

De repente recibía invitación a entrevistas de radio en otras estaciones, pero no en vivo, únicamente grabados y preguntas de mis inicios; nada que ver con los programas nocturnos que en verdad me dejaron huella.

Todas estas vivencias de comunicación fueron estupendas y de gran aprendizaje, las cuales me apoyaron para crecer y desarrollarme en el medio.

El medio radiofónico ha sido un paso muy importante para mí, pero no le dan la importancia suficiente al servicio social, que es la prioridad en cualquier estación radiofónica.

Quizás mi tipo de apoyo es muy particular y poco común, pero efectivo.

EL PRIMER MEDICAMENTO

Había veces que no tenía dinero, estaba enojada y presionada, le decía "claro como tú estas allá arriba y no necesitas dinero, que te importa".

Al instante me contestó: "Tu bolsillo es mi bolsillo, no te preocupes de más, yo estoy contigo y mi mano en ti, dame tiempo todo cambiara".

La situación económica no era fácil, a pesar de su apoyo y su insistencia de que no buscara más que nuestro proyecto, de salud, familia y trabajo, saldría adelante aún así.

Me decía: "tu pide y llegará cuando sea el momento".

Entre a trabajar con un amigo apoyando un despacho, cosas de oficina, pensaba, sueldo fijo, me daba más seguridad.

Duré poco tiempo, me di cuenta cuando iniciaba un trabajo fijo, pasaba algo y salía, pero no por el empleo, sino empezaban a solicitar citas, y el Cuate me recordaba: "Eres mi empleada, y necesito tu apoyo".

Por lo que decidí apoyarme económicamente en el gel natural, que por el momento tenía.

Tome esta decisión ya que al paso del tiempo me di cuenta que si yo no hacia nada no pasaría nada, fue cundo realmente acepte y me hice responsable a lo que había aceptado hacía tiempo el compromiso espiritual y aceptar que de alguna forma era empleada del Cuate.

En octubre de 2003, cuando José elaboraba el gel, me hizo una petición. "Oye Adis, me podrías hacer algo para mi sobrina que tiene vitíligo" (o el mal del pinto como algunas personas lo conocen). Le contesté: "en una semana lo tienes".

Al día siguiente adquirí los ingredientes para elaborar el producto, por supuesto que eran frutas y verduras, el Cuate me había informado la receta por medio de la escritura, el modo de hacerse y nueva presentación, fue la primera receta que era para un padecimiento y que además es común.

"Sorpresa la niña pigmento".

Alguien supo de las gotas y me las pidieron para un estado de la República Mexicana, ahí se encontraba una señora que estaba despigmentada desde hacía varios años, estaba muy avanzado, tanto que se negaba usar escotes o usar blusas sin mangas.

Le dieron el producto y comenzó a pigmentar, gracias a eso, la gente del lugar se enteró y me avisaron que las personas preguntaban si había más productos para diferentes padecimientos, y por supuesto hacían peticiones para alguno en especial.

Inicié la creación de varios medicamentos, si soy sincera tenía mis dudas, le decía al Cuate. "¿Estas seguro que son estos ingredientes?, le cuestionaba, pues a veces se me hacían pocos y a veces muchos ingredientes, las combinaciones raras, de frutas y verduras, en ocasiones las pulpas o las cáscaras.

Al instante me respondía: "Desde que recibes la receta ya esta probada por mi, la cantidad y variedad de ingredientes son los exactos".

Un medicamento con gran éxito, fue el de diabetes, lo probaron con muy buenos resultados, los que lo consumían me informaban. "Mantiene la glucosa en muy buen nivel, ya no me salen moretones". A lo que yo le comentaba al Cuate. "Si que eres picudo, gracias".

Siguieron más productos, cada uno de ellos tenía diferentes ingredientes y eran las combinaciones, que realmente me sorprendían.

El decía: "por que te sorprenden hemos trabajado ya suficiente tiempo para darte cuenta, quien soy, los humanos deben tener mas salud, las enfermedades en tu mundo han crecido y los sistemas inmunológicos están débiles para las nuevas bacterias y virus".

"Las bacterias y virus en la actualidad se encuentran con mutaciones importantes, por lo cual ya no son suficiente los medicamentos creados hasta ahora, es por eso que los laboratorios mundialmente se han propuesto desarrollar nuevos medicamentos como sistemas para acabar o controlar los nuevos virus y bacterias, pero continuamente hay cambios en el ambiente de igual forma los hay con los virus y bacterias".

Como siempre me hacía pensar y confirmar que tantas sorpresas me darían, cada vez profundizaba más, sólo sé qué por los cambios climáticos el ambiente sé a mutado, y no tan solo con relación a las gripas y resfriados.

Para conseguir algunos ingredientes, ya que si requería por ejemplo cáscara de ajo, en cantidades mayores, me iba a un mercado a pedirle alguien que me dejara limpiar sus cajas de ajos. Las cuales amablemente accedían.

Una noche ya estaba dormida, ¿No sé por qué me desperté? Sentí la necesidad de escribir, saqué mi cuaderno.

Y inicie el escrito me decía: "Necesito que anotes la receta del oxigeno". Me enojé, por lo que le cuestioné.

"Para eso me despiertas, que no puede ser mañana, y para acabar pronto la anoté. Siempre variado los métodos para dar la información.

Para ser sincera no siempre estaba de acuerdo, era parte de mi rebeldía, que a pesar de los años con el proceso de algún modo hacía lo mismo y no era directo.

Al día siguiente la preparé y a los siete días exactos vendí la primera. Eran las cosas que no entendía.

¿Por qué eran esas peticiones?, como siempre a los pocos días o horas me enteraba y quedaba contestada mi pregunta.

Cada vez que lo cuestionaba, salía regañada y convencida que las peticiones eran por algo.

NUEVOS CAMINOS

En una ocasión, una persona vino de un estado de la República, y me compraron el producto del vitiligo o mal del pinto, de algún modo se pasaba la voz y daban conmigo.

Semanas después, me pidieron que fuera a ese estado, claro como naturista. Al asistir, atendí a varias personas y de diferentes padecimientos.

Di algunas recetas por escrito, ocupando el don de escritura y eran personalizadas, me sentí muy bien, había una niña de 5 años con problemas cerebrales de nacimiento, no coordinaba su lado derecho, babeaba, le di oxigeno.

Después de dos meses, la volví a ver a la menor, me sorprendí, estaba con una buena mejoría, movía su mano derecha y brincaba. Obviamente su madre estaba muy agradecida.

Incluso, la maestra del kinder me mandó una nota preguntándome: "Qué le daba a la niña, ya que estaba respondiendo en la escuela, era muy activa y ya se había aprendido los colores".

Todos estos acontecimientos, me daban mucha satisfacción y motivación para seguir adelante.

En otras ocasiones, cuando la gente se enteraba quién dictaba las recetas de los productos, se retiraban, perdiendo credibilidad en el producto, aun haciéndoles un bien, por que se quiera o no, es un producto físico.

A finales de 2004, ya tenía aproximadamente 10 productos y cada uno ya había sido probado, con las mismas personas quienes los habían solicitado.

Y más comentarios del Cuate. Una noche al estar escribiendo me dijo "el respeto hacía el planeta es igual como si fuera un humano", le pregunte como igual "no hay respeto".

Los comentarios me hacían pensar, ya que los momentos de plática con él, era más profundo, pero noté que más seguido me daba nuevas noticias de salud.

Y los años pasaban, los dones seguían desarrollándose, aún sin saberlo, la gente me energetizaba sólo de platicar, sin saber, cual era mi historia y mi trabajo.

Los meses siguientes sólo razonaba los dichos de él, le comentaba, "también vivo en el planeta", pero seguía en lo mismo "llegara la ayuda en su momento".

Año 2005

SORPRESA

En enero de 2005, me llamó una persona que curaba con energía, y me pidió una cita para consultarme; nos vimos por la noche en un café, ella tenía más tiempo de trabajar en este tipo de cosas; nos sentamos una enfrente de otra, comenzamos a platicar, de momento me sentí cansada, mareada, me dolía el centro de la cabeza, como cuando fui al Palacio Nacional.

Le pregunté a ella como se sentía y me respondió lo mismo, tomamos la decisión de terminar la entrevista y cada cual se retiró a su casa.

Cuando citas por la noche, me avisa el Cuate si debía o no salir, era una protección, decía "eres mi empleada y te tengo que cuidar".

Al día siguiente me sentía diferente, y al ver a mi abuelita estaba yo escandalizada, vi como estaba su corazón y le dije: "Tita –abuelita- tu aorta está muy inflamada", me enoje, le decía por que, que mas falta y dijo "te hable de curación, y esta es una parte".

A partir de ese momento supe que el diagnóstico era parte del don; a las siguientes citas cambió la forma de ver a la gente, ya que en ellas percibía más los puntos prioritarios de su salud.

El cambio fue que sé amplio la forma de apoyar a las personas, ya que los escritos y parlamento se unieron. Y las personas que requerían apoyo de salud les daban recetas por escrito, por medio del don de escritura.

La gente no diferenciaba que coordinábamos los dones, pero con cada uno era diferente.

Al fin estaba comprendiendo y aceptando lo que se desarrollaba en mí; el Cuate me informó quiénes participaban en este proyecto desde su dimensión, eran seis seres de luz y todos ellos se unían para apoyar a las personas a través mío, dándoles la información que requerían en ese momento, diciéndoles lo que requerían saber, no lo que querían oír.

Ya era común para mí que las ideas o comentarios que hacía, tenían una razón de ser, ya no lo cuestionaba constantemente, como al principio del proceso.

SALUD

Cuando me mencionaba algo de salud acudía con un médico y le preguntaba, si era cierto y él me confirmaba, mis dudas o curiosidad de salud.

En las primeras citas de gente con problemas de salud, cierta vez me citó una que tenía sida, en esa ocasión use el don de escritura por que así me lo solicitó.

Al estar escribiendo el Cuate me señaló que el padecimiento, se ubica en la médula espinal, yo no le hacía caso, de repente dejó de escribir hasta que le expuse a la persona el mensaje, la gente me contestó que ya lo sabía, cuando caí a la cuenta quien no lo sabía era yo.

En una ocasión, me llamó César, y nos citamos, estaba un poco nervioso era sábado y el siguiente lunes lo operarían de la columna, por un problema de asentamiento de vértebras, le comenté: "Dile al doctor que opere a partir de la cuarta vértebra, ahí esta el problema".

El martes siguiente, se comunico su hermana por vía telefónica y me pidió, que fuera a verlo al hospital.

Me sorprendió verlo tomar calmantes, no había salido bien de la operación. Le pregunté si le había mencionado al médico, lo que le había indicado, me expuso: "No me hizo caso, pero me vuelven a operar mañana miércoles".

Lo volví a visitar el jueves y ya se encontraba mejorado. Me comentó: "Le expuse al doctor que tenía una doctora espiritual y le pase el mensaje, siguió tu indicación y encontró el problema".

Me sorprendió nadie me había dicho doctora espiritual, era un nuevo concepto.

Alguien me pidió si podía visitar a una persona que recientemente le habían localizado cáncer en el interior del hígado, accedí, no era usual que saliera de donde daba mis citas, era una mujer joven, de piel amarilla y reteniendo agua por el medicamento, me señaló: "Adis cuando podré salir a la calle y que la gente no me vea rara".

Le respondí: "Dentro de 15 días serás libre".

De inmediato le di su receta, para ayudarla a drenar. A la salida su papá me pregunto que haría por ella y le conteste "darle calidad de vida".

A los tres días, me llamó su esposo que se sentía mejor, le recomendé hospitalización, a los pocos días fui a la clínica y me comentó la enfermera que esta agravándose. Me vino a la mente mis palabras que en 15 días sería libre, y ese día se cumplían, pensé se va a morir.

Pase a verla, y me dijo: ¿"Adis me voy a morir"?, si, es el momento de pedir perdón y que te perdonen, "no me quiero morir".

Mis palabras para tranquilizarla fueron: "Lo sé, tus hijos estarán bien con su padre, tranquila, sientes algún calor en la espalda, "si es así", es tu ángel que te abraza".

Me salí del cuarto impresionada y me sentía mal, por haberle dicho que se iba a morir, "tengo condiciones de siempre decir la verdad" no se me olvidaba, no me había pasado esto antes, y yo sin saberlo le había avisado la fecha de muerte. Falleció esa noche.

Un hecho parecido fue el de una joven de provincia, con problemas de cáncer en un seno, por errores médicos le habían crecido al tratar de reducir el tumor con radiación.

Le transcribí algunas recetas, se las prepararon, me comento sentirse mejor, se regresó a su estado, la última vez que la vi, le dije nos vemos el 31 de agosto, al pasar ese tiempo me enteré que ella había muerto ese día. Era lo mismo, calidad de vida.

Una sensación de asombro y susto, nuevamente la fecha sin saberlo la avisé.

Nunca me ha dicho, aunque le pregunté si va a temblar o alguien va a morir. Me dice "no tienes para que presionarte antes de tiempo, es un proceso que tienes que vivir".

La enseñanza de esos eventos fue más que confirmarlo era mi parte de ser humana y sensible, soy madre y eran jóvenes, para decir verdad, no estaba muy conforme, le pregunte el Cuate por que, sus hijos las necesitan "era su tiempo, cuando nacen, todos llegan con su entrada y salida de tu mundo".

Era parte de mi crecimiento, ya que mi enseñanza a través de estos años ha sido escribiendo, leyendo y viendo, algunas a sido posible confirmarlo.

Otras mas se confirmaban solas, eso ha sido importante para mi crecimiento es mi credibilidad, y a la vez para las demás personas.

Año 2006

En el año 2006, leí alguna vez, que el don de parlamento se desarrollaba y la gente que lo tenía, hablaba varios idiomas, en octubre de ese año, me llevé otra sorpresa, comencé hablar por medio del don de parlamento un idioma muy raro, sabía que estaba diciendo, pero no puedo leerlo ni escribirlo, me sorprendí y de repente sucedió.

UNA MÁS

En un principio, creí que por el acento podría ser francés y no precisamente el actual, llamé a la embajada Francesa y me comunicaron al departamento de lenguas, les comenté mi situación.

La persona que me atendió expuso: "Tengo 17 años en la embajada y nunca me había tocado un caso como este". Muy amable me explicó que no me podía ayudar.

Pero me comunicó al departamento de lenguas muertas, la persona que me contestó, me pidió que le hablara en el idioma, me puntualizó, que el idioma le parecía una lengua muerta de los Alpes Franceses del siglo XIX.

Se extrañó mucho, me pidió que le enviara por e-mail algo escrito para estudiarlo. Le comenté que no podía, sólo lo hablo y lo entiendo, pero no puedo leerlo y escribirlo. Le agradecí su ayuda, porque ya sabía de donde provenía.

Las personas que me visitaban eran con más problemas de salud, en esos casos le daba la receta para que ellos las o se las hicieran.

Llegó un caso de un estado de la República Mexicana, una señora me pidió ayuda para su mamá, ya que sufría de pérdida de memoria – alzheimer- algo avanzado, ya para entonces tenía unas gotas creadas que las llamé memoria, todos los nombres de los productos van de acuerdo para la enfermedad para la cual se creo, no son nombres comerciales.

A los dos meses me llamó nuevamente, la hija de la señora y me pidió otro frasco, y comentó "mi mamá ya recuerda más, ya hasta hace su comida, solo quedan sus gotas ya retire al neurólogo", hasta la fecha siguen pidiendo las gotas.

Todos los productos se pueden coordinar con cualquier tipo de medicina, ya sea alópata, homeopática, alternativa y otras, una característica no hay secuelas, de los productos.

Mis productos son como todos, la constancia es básica, sin embargo, los organismos no actúan de la misma forma, en donde lo he notado es el producto para el vitiligo, ha llegado a pasar que las personas pigmentan en un mes tiempo récord y otras más con más tiempo.

Lo anterior es que la persona que hasta hoy, que me enterado, lleva tomando el producto un año y apenas inicio a pigmentar, tuve la oportunidad de verla, y le comente "que por que seguía tomando el producto, ya había tardado en pigmentar".

Me respondió "le aviso aunque termine de pigmentar, lo seguiré tomando, ya no estoy nerviosa, duermo bien, no me sudan las manos", le mencione "cuando acabe de pigmentar se cambiara al de estrés".

No se tiene un tiempo determinado para saber como funcionaria en alguna persona.

He tratado de vender el producto especialmente el de vitiligo, cuando veo a una persona con el padecimiento, sin importar el lugar, pero no tengo mucha suerte.

Las personas dudan y comentan: "No hay nada que lo cure, mi dermatólogo me dijo que es de por vida, ya hice todo, y no se puede, llevó muchos tratamientos diferentes", "hice el tratamiento cubano, no lo pude seguir muy cara la sesión".

NO ME DEJAN DE SORPRENDER

Cada uno de los productos me da sorpresas, como el de artritis. La primera persona que lo adquirió, estaba muy molesta muy inflamadas sus articulaciones y dolores, al mes me indicó: "Desde la primer semana me quitaron los dolores y me siento generalmente bien".

El siguiente frasco que me pidió, para continuar con el tratamiento, comentó: "Tengo menos inflamado y una cosa que me sorprende me esta enderezando el hueso de mi mano".

Así sucesivamente me entero de cómo trabajan los productos, y me siento satisfecha y sorprendida, que en verdad los años que he pasado, llamándole de alguna forma "preparación" ha valido la pena en toda la extensión de la palabra.

Las personas que se han tomado o aplicado los productos, muchas de ellas a estas fechas no dejan de usarlo, cuando han visto en verdad la ayuda que les proporciona.

VELAS

En una ocasión me llamó una persona que tenía en su departamento la visita de un fantasma y que las asustaba a ella y su hija, le dije, que no tuviera miedo que estaba buscando luz.

Le comenté que pusiera tres velas de diferente color cada una, con eso se iría a donde tuviera que ir.

Me preguntó: "Si tenía que decir alguna oración", le respondí que no, porque los colores están combinados para cambiar energía y en cada caso eran diferentes colores, y que por supuesto no era curandera ni bruja.

Hasta yo me quedé sorprendida, fue la primera experiencia con el don de auras, hasta el momento no lo había usado y realmente no le daba la importancia debida.

A partir de ese momento he recomendado diferentes colores en varias ocasiones, a parte para guiar a los espíritus, es cambiar la energía en casa, negocio.

Es una forma de apoyo para los espíritus que se encuentran vagando, otra sería hacer oración, sin importar la religión, ya que las peticiones por medio de la multitud es muy buena energía, inclusive para las familias desaparecidas que actualmente no tienen ya ni quien las recuerde, simplemente pedir por todos ellos.

Y seguían desarrollándose los dones.

Año 2007

Para 2007, las experiencias han sido muchas, una singular forma de trabajar, he conocido a personas con diferentes padecimientos y problemas emocionales, cada uno de estos casos tenían algo en común, "necesidad espiritual".

Los productos hasta el momento son 60, la lista de diferentes presentaciones, como son cremas, jabones, cremas, extractos, y geles, cada uno has sido probado con excelentes resultados.

La gama de productos con su peculiaridad son naturales, únicamente combinaciones de frutas y verduras.

He elaborado diferentes recetas para muchos padecimientos, pero la único que no se a creado ni se creara, es para problemas renales, ya que los problemas son con síntomas diferentes, según los riñones es uno de los órganos que tiene mas problemas y no son comunes con otras personas con el mismo mal, en esos casos se hace extractos, se personalizan las recetas.

En cuestión de productos es importante mencionar, que es difícil por hoy decir que los productos son y serán, los únicos, hay personas que me solicitan y los elaboro, en un mes he hecho cinco recetas.

DESARROLLO

Rosa, una de las primeras personas que me contactó a través de la radio me citó.

Ella tenía varias preguntas, para decir verdad a través de estos años se han confirmado poco a poco los avisos que en su momento le di, pero hay una en especial.

Ella tiene una nuera que llevaba 15 años casada con su hijo, y no tenían hijos, por lo que la interrumpí y le advertí: "Tu nuera será mamá", se sorprendió. Me contestó: "Todo te podré creer pero eso no".

Al paso de los meses me llamó un día y me dijo "con la novedad que mi nuera esta embarazada".

José era un chico con una novia desde hacía tres años, me expuso que se iba a casar, pero no se oía motivado, le comenté que -no era precisamente amor, era costumbre-, "quizá pero ya son muchos años, no es la mujer de tu vida, tendrás la oportunidad de conocer a la mujer ideal".

Con los días me habla la novia María, y le puntualicé lo mismo, -que era costumbre su relación-, ella me comentó "bueno, sobre aviso no hay engaño", conocerás alguien que realmente sea tu pareja ideal".

Pasan unos meses y nuevamente telefonea José y me platica que habían terminado, lo deje reflexionando y tenía razón, le dije "la novia que te espera es una mujer pelirroja".

Alrededor de un año me contacta José y me expone que conoció a una mujer extraordinaria, le puntualicé: "Esa es, te felicito" el dijo "pero no es pelirroja", pensé, "no se cumplió".

A la semana nuevamente José, por cierto un poco nervioso, me comentó: "Estoy sorprendido, hoy me preguntó mi novia que si me gustaba así o se dejaba su color natural pelirrojo".

Hasta yo me sorprendí.

María me llamó tiempo después, para darme las gracias, había encontrado al hombre de su vida y estaba a punto de casarse.

Una noche me llamaron de larga distancia, era un hombre joven y aparentemente tranquilo, el preguntaba de su trabajo, pero yo sentía que había más, al terminar de hablar de su trabajo, le comenté algo y difícil para mi decirlo, si era gay, empezó a llorar, y me lo confirmó.

El sufría, sus padres no lo sabían y el creía que sus padres al enterarse de su pareja, los rechazarían, lo animé que se los comentara, que no pensara por ellos.

Al mes me afirmó, gracias me aceptaron, les costó trabajo, más a mi papá pero están haciendo un esfuerzo para entenderme.

Me entrevisté con una chica muy dulce y tímida, al conocer su problema me sorprendió e indigno, era un caso de incesto, su abuelo había abusado de sus hijas, y no conforme, enseñó a sus nietos, por lo cual esta chica tenía tremendos problemas emocionales y tres intentos de suicidio, ya que sus dos hermanos habían abusado de ella y de su hermana.

Al estar comentando, de repente inició un aroma a rosas y ella lo olió, comentó que si era un ángel, le dije no es tu abuelo, empezó a llorar, el necesita tu perdón, "nunca lo perdonare", tus hermanos eran chicos y tu abuelo los enseñó a abusar, ellos necesitan tu perdón.

Le comenté que sus padres lo sabían, que se diera la oportunidad de hablar directamente con ellos.

Al día siguiente llega con otra cara, me expuse que lo había hablado con sus padres y reconocieron sus errores, le pidieron perdón. Comenzarían una terapia familiar y meditación para encontrar la paz.

Los niños a través de las entrevistas de radio y aún siendo de noche llamaban, Martín tenía 12 años, y me dijo pruébame que eres cierta, disculpa no puedo probar nada, solo tu con fe lo sabrás, pregunto que tendría un examen en la secundaria, le puntualicé si estudias sacaras ocho.

A la semana me llama y sacó ocho, pero le subraye, no hice nada tu lo hiciste, estudiando, las cosas no se logran aunque yo las diga, si tu no haces nada, no pasa nada.

Elsa llamó un día muy temprano, solicitando para esa misma mañana la cita, llegué y ella estaba ahí desde la 6 de la mañana en el café, me comentó que su pareja la había corrido la noche anterior, estaba muy descontrolada, ya adentrando a la platica comento que ella había dejado a tres hijos y marido, para irse con su amante, el cual, la maltrataba, pero había suficiente dinero.

Le hablé del perdón de sus hijos y marido, que los buscara, que la necesitaban, ella lo sabía. Que la persona con la que estaba no le convenía y el dinero no era todo, que se valorará.

Timbró su celular y era su amante, preguntándole en donde se encontraba para pasar por ella, en cuanto llegó me pago y se fue. Libre albedrío, tomo su decisión.

Ruth sería la primera persona que me habló de su experiencia, vida después de la muerte, comentó "nadie me cree que morí y regresé".

Sufría de cáncer pulmonar, ese día llegaba de Houston de su tratamiento, llegó muy cansada y con dolores tremendos, su mamá, había citado al sacerdote para los santos oleos, cuando su mamá acompañó al padre a la puerta, ella expuso que se desprendió y se vio en la cama tendida.

"Inmediatamente me sentí bien, sin dolor y feliz, vi. toda mi vida en un segundo, cada cosa que hice y comí, fue a partir de ese momento hasta que llegué al vientre de mi madre, vi de frente una luz inmensa y le pedí mentalmente que me dejara regresar que mis hijos y mi marido me necesitaban, de repente estaba de nuevo en la cama.

"Me alivie y estudie un curso de tanatología, ahora ayudo a las personas a pasar esos trances dolorosos", platicó.

Raúl, veterinario no quería ya ejercer, se le había muerto un perro, por falta de exámenes clínicos, al comentarlo se dio cuenta de su falta de valor, al aceptar que nadie es Dios, y que aun tratándose de animales tienen su tiempo de partir.

Le recordé que era un excelente veterinario y maestro de la facultad de un estado de la República, y que eso le serviría como experiencia para hacer o mandar lo necesario para cada uno de sus pacientes. Que se diera otra oportunidad.

Sandra y Santiago su marido, me citaron, ellos querían saber de sus trabajos, cada uno preguntó en su momento, de repente le dije a Santiago quien es Jorge, tiene una mano en tu hombro, me dijo "es mi papá".

A lo que le comenté. Pregunta, ¿que si el te trato, como tu tratas a tu hijo Santiago? A lo que respondió. "No, pero es rebelde y no quiere estudiar".

Le pasé la información por medio del don de escritura, "sólo con amor y respeto lo lograrás, no es igual a los otros dos, te esta retando, es buen chico".

Rita, es una persona madura, con ganas de tener un novio, soñadora y siempre con una rosa roja, el día que me citó, me platicó que así la reconocería por la flor, tal cual.

Me comentó que era viuda desde hace ocho años, "estoy sola, hay dos persona interesadas en mí, pero uno no tiene dinero, sólo su pensión; y el otro es enojón pero me tendría bien".

Mi respuesta fue: "La forma en que tu lo ves es materialmente, el de dinero según te conviene, pues no, su carácter, su forma de vivir y exigencias no irían con las tuyas, en cambio el señor de la pensión tiene sentimientos y respeto, con el haría una buena pareja, el te tendría muy bien en todos los aspectos".

La decisión sería de ella, libre albedrío.

Laura se acercó a mí, temía y dudaba de todo y de todos, ella de niña fue duramente castigada cuando se equivocaba, su mamá, madre soltera, enojada y agria por haber aceptado tener una hija, la quemaba con cigarrillos cuando no hacía bien las cosas a partir de los cuatro años, hasta que se pudo salir de esa casa, mujer muy bonita y aparentemente segura de si, le dije perdona y arriésgate a ser tu misma, y logra lo que siempre soñaste.

Comenzó a llorar y me expuso: "La hubiera matado si no es por que encima de todo se caso con alguien que me violó, la vida no ha sido justa, sólo quiero que se muera".

Mi consejo fue: "Tu no ganarás nada si ella se muere, tu momento es ahora, no te amargues y maltrates por lo que ella te hizo, en la vida hay justicia divina y te aseguro que nadie se salva de ella, ya llegara su momento, por lo pronto acepta las oportunidades y la tuya esta muy cerca".

Recuerda que mereces ser feliz, y sin pasado sólo presente y futuro, cada quien pagamos nuestro errores en su momento y te aseguro que tu madre y su esposo, lo recibirán en su momento.

Raquel buscaba a su madre, quien la había abandonado desde los dos años de edad, se había casado muy joven, tanto así que sus hijos parecían sus hermanos, estaba ocupando el don de escritura para apoyarla, la contestación que le daba era acerca de sus hijos y no de su mamá perdida, como ella quería.

Sus hijos estaban desbalagándose, no querían estudiar, uno inclusive en la droga, pero ella no quería oír, solo iba para saber de su mamá.

Le dije primero eres madre y después hija, ellos te necesitan, se enojo y me respondió, no me interesa, ellos son grandes para saber lo que hacen, sus hijos de 17 y 18 años, se paró y se fue.

No me dejó terminar, lo que tratábamos de decirle era que se viera como madre y no como hermana de ellos.

Han sido algunas de las experiencias que he tenido, muy satisfactorias muchas de ellas y otras de gran aprendizaje.

Y comprender que cada quién tiene su propia historia y modo de vivir.

Año 2008

PRIMERA LLAMADA DE ATENCION

Me ubico en la Ciudad de México, en el mes de
enero tuve la necesidad de salir por la tarde, me
acompañaba uno de mis hijos, nos gusta caminar,
eran una cuadras, al ir por la avenida, sentíamos aire
y le comente –no trajimos sombrilla, parece que va a
llover, el cielo se veía muy negro y grandes truenos",
seguimos nuestro camino.

De repente inicio un aire poco usual, y poco a poco
el viento se volvió polvo y basura, volaron anuncios,
reventándose lámparas, de las construcciones
cayendo material, me asuste y sentí que estábamos
expuestos a un accidente, le hice la parada a un taxi
para que nos regresara a nuestra casa, mas bien fue
para resguardarnos, el tráfico estaba parado.

Ya que pudo circular, el taxi nos acerco a nuestra casa,
a lo largo del camino nos dimos cuenta que había
sido un desastre natural, -me dije un mini tornado-,
árboles caídos, espectaculares caídos, basura, etc., y
una gran zona sin energía eléctrica.

En cuanto pude me puse escribir, como siempre
reprochándole al Cuate "porque no me avisaste nos
expusiste" a lo que me contesto "no te expuse, te puse
en el punto preciso, para que vieras y probaras un poco
del cambio climático", esto es lo que se les espera, si no
hacen algo por su planeta", le replique "no puedo hacer
nada", "si puedes los sistemas harán el cambio", "que
sistemas", "tendrás la información en su momento".

De los sistemas me había comentado anteriormente,
pero me dijo "será antes de los 10 años", fecha que se

cumplirá en unos meses. Sigo en espera, pero de algo estoy segura llegará a tiempo.

RECETAS PERSONALIZADAS

En los últimos meses a llegado gente a solicitar ayuda para su salud, por lo cual les preparo extractos personalizados para sus males, y con sorpresa me entero que la ayuda es integral, es decir los apoyo creado diferentes recetas dándoles un apoyo muy completo, aun no sabiendo todos sus males. Muy satisfactorio, y aun no e perdido la capacidad de asombro.

La información que hasta la fecha me ha dado a través de la escritura, se ha confirmado a través de estos años, realmente yo no sabia cual era el camino, lo fue marcado de alguna forma, sin embargo algunos de los objetivos se han cumplido.

LA ACEPTACIÓN

Mi familia a través de estos años se dieron cuenta que no era de aventura o de paso mi nuevo trabajo, ellos veían que en verdad trabajaba con gente y los apoyaba, actualmente estamos bien, sobre todo respetando lo que hago. Agradeciéndoles eternamente el apoyo incondicional que hemos recibido mis hijos y yo.

Mis hijos han sido una parte muy importante en mi camino, cada uno de ellos aún sin saberlo le han dado motivación y apoyo, que se que el día que lean este libro se darán cuenta, que las veces que hable con gente delante de ellos era raro para ellos y sin sentido.

Mi estimulación a seguir adelante, a veces era muy buena y a veces baja, condicionando al Cuate, por que según tiene que ser perfecto y salir como el dijo literal y al momento que yo quería. Me decía "te va a llegar lo que necesitas, no lo que quieres".

He comprendido muchas cosas más, he aprendido que las formas y modos se cambiaron a través de estos años, ya que la madures y compresión de lo que tengo ha sido en ocasiones muy difícil, pero sólo el tiempo me enseñó, algo muy especial, primero ser yo misma, para comprender y trasmitir lo que realmente siento, positividad y fe.

Los dones siguen creciendo, para decir verdad no se hasta donde llegarán, lo que si se es que en mente y espíritu, comparto algo muy grande con todos ustedes, que cambió mi destino.

Y lo que me falta por hacer, que después de todo ha sido muy importante para mi vida personal, ampliar mi capacidad de comprensión para las personas y al saber de muchos casos, que no son sencillos de entender, pero reciben igual respeto.

Gracias por la oportunidad de comentar mi experiencia, del Cuate de todos nosotros y una servidora.

SEGUNDO CAPITULO

Año 2008

LA TIERRA

Son parte de un planeta que esta sufriendo transformaciones drásticas y no tienen soluciones eficaces, esta información es con el afán de aportar ideas, sin modificar su contexto de vida.

Las épocas del año se han modificado a través de los años, en diciembre del año 2004 a raíz del tsunami que sacudió parte de Asia fue un movimiento definitivo para la tierra, ya que se movió 4 milímetros de su eje, en sentido opuesto a la rotación del planeta.

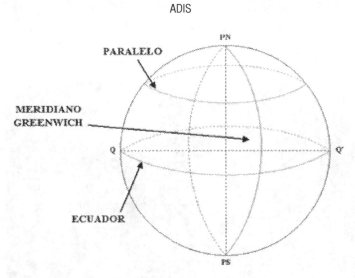

En su momento los científicos lo dieron a conocer, y no le dieron la importancia que merecía, la situación actual se esta reflejando a partir del Polo Norte, con la rápida desintegración de los bloques de hielo, sin tomar en cuenta que millares de litros de agua, afectaran porciones de tierra, en forma importante y contundente.

La ciencia es un gran apoyo, sin embargo hay situaciones que aún no se presentan y no las tienen contempladas, hablando concretamente de países, como Portugal, España, Austria, Ucrania, Polonia, Italia, Francia, son algunos de los países de Europa, los cuales serán los primeros en presentar cambios importantes y están muy a tiempo de hacer algo por ellos.

Estos 2 sistemas que se dan ha conocer a continuación, se trabajaran de acuerdo a cada país y posibilidades, los tiempos son importantes ya que el cambio climático no se detendrá y las posibilidades de apoyo son para realizarse lo mas pronto posible.

Son 9 sistemas de apoyo para el planeta, que en su momento daré a conocer, por lo pronto explico estos dos sistemas o proyectos, prácticos y objetivos.

El planeta requiere el apoyo de cada uno de los habitantes de la tierra.

El cambio climático es uno de los problemas mas investigados y con proyectos realistas por los humanos, los cuales han sido comentados mundialmente, pero no activados, la unión de las naciones es básica para solucionar prontamente.

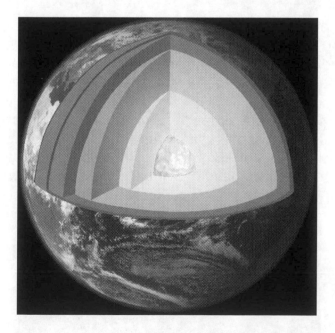

En la figura anterior se muestra como esta conformada las capas terrestres de la tierra, el núcleo de la tierra sólido, se encuentra abriendo canales hacia la superficie, la energía que libera se mueve a través de las diferentes capas del núcleo fundido, iniciando liberación de energía y creando movimientos en el manto, las cuales agitan a las siguientes capas y se presentan desastres naturales en la superficie.

En este sentido las capas están siendo removidas por las mismas energías, por el momento las salidas de estas, son al norte del planeta.

En uno o dos años serán por el este, afectando más países y quizás sean más enérgicos de lo que acontece actualmente.

Las posibilidades están en sus manos, las naciones serán hermanas por que en un mundo como el de ustedes solo queda respetar y comenzar algo que hace miles de años se perdió, ser humanos de verdad.

Las posibilidades de desarrollar estos prototipos son indispensables para cambiar los sentidos de las ondas de energía, es un trabajo titánico pero posible, siempre y cuando el apoyo se encuentre en cada uno de los países que conforman el planeta.

El hundimiento gradual de la superficie marítima está en aumento en algunas áreas del Pacífico, presentando reblandecimiento y filtraciones a las capas terrestres y en otras mas suben las mareas, principalmente en el océano Indico.

Los animales acuáticos están sufriendo cambios en su medio ambiente, se refleja con sus apariciones en las costas, causando temor, cuando ellos solo buscan el equilibrio, que ya han perdido.

De Este a Oeste, en la latitud del Ecuador, se localizan dos islas, se requiere apoyo inmediato, la presión de agua supera a la normatividad requerida, las bases de estas se encuentran desgajándose, en el centro de cada una.

En mi opinión, hay dos problemas prioritarios, la capa de ozono y la liberación de energías que se encuentran en el núcleo de la tierra.

La capa de ozono, es posible corregir, con tecnologías de alta escuela, la ayuda que se requiere, no vista ni contemplada por los humanos, es con el apoyo de los extraterrestres, tienen forma y modo de hacerlo, ellos solo esperan que realicen su parte y ellos ayudaran, comentan -quien vive aquí son ustedes-.

Ustedes actualmente no cuentan con tecnologías aceptables y de este nivel que se requieren para sanar esta parte, sin embargo, la ayuda de los extraterrestres, la cual han recibido durante siglos y esta no sería la excepción.

La tecnología que utilizaran para sellar la capa de ozono, de la mas alta calidad y desconocida en el planeta; cuentan con sistemas abiertos y complejos, por lo tanto ellos se encargarían de ese proyecto. Si ustedes cumplen con su parte.

A continuación se plantean los proyectos para el apoyo del planeta.

El proyecto requiere apoyo mundial, cada país por su parte trabajará con el volcán, montaña, monte más alto de su entidad.

Son parte de un planeta en deterioro, por consiguiente esta información es general para los países que conforman la tierra, esperando su apoyo y compromiso.

LIBERACIÓN DE ENERGIA

El proyecto se conforma en 4 pasos, que se trabajaran de acuerdo a los mismos.

La cantidad del material sugerido varia de acuerdo a las medidas del volcán, montaña, cerro, etc..., en donde se coloque.

Primer paso:

El plástico, es muy común en su mundo, se requieren cubos de una tonelada de peso cada uno, con plástico reciclado (botellas básicamente), y se colocara atravesado un cable conductor de electricidad.

Ejemplo:

Los bloques de plástico se realizarán con desechos; sugiero poner contenedores de plásticos en distintos lugares (parques, esquinas tiendas, etc.), los mismo que se recogerán diariamente, para el proceso de reciclaje.

Una vez que se hayan creado 500,000 cubos deberán ser transportados a la montaña, volcán, cerro, etc. mas alta de la entidad, y en la falda de esta, acomodarlos alrededor, uniéndolos, formando un amarre con los cables salientes de cada cubo.

Segundo paso:

Se recolectara periódico y papel para ser reciclado y convertirlo en rollos de papel, la altura de este, sería de 1.50 metros, (este paso se unirá con el paso 4), con el cual se deberá de cubrir los cubos de plástico, una vez que este acomodado alrededor.

Tercer paso:

Se empacaran 500,000 bolsas de cal, las cuales serán de 10 kilos cada una, en forma rectangular, dichas bolsas se acomodarán en los huecos que quedarán entre cada uno de los cubos de plástico reciclado.

Cuarto paso:

Se recolectara latas de sodas, las cuales se abrirán, se extenderán y se unirán, para crear láminas de 1 por 1.

Se crearan 100,000 láminas de latas de desecho, se extenderán y se adhirieran al rollo de papel, este último paso se hará antes de cubrir los cubos que se encontraran acomodados en las faldas de la montaña.

Los pasos anteriores serán primarios, para iniciar la liberación de energía excedente del núcleo de la tierra.

Una vez que estén acomodados los materiales, aproximadamente después de 1 hora, se verán dos luces alrededor de ellos; es energía la cual se distribuirá a su alrededor, no causando ningún daño.

El tiempo aproximado en acomodar este material a las faldas de la montaña, sería de 5 días, tomando en cuenta la dimensión de la montaña, sería el número de personas apoyando el acomodamiento.

El clima ideal sería, templado sin lluvias, ya que de otra forma los materiales sufrirían deterioros.

Las bolsas de cal deberán quedar bien ajustadas entre bloque y bloque, en el caso de requerirlo se pondrá papel del rollo.

Las posibilidades de éxito son del 91%, los materiales que se recomienda son conductores de electricidad, capaces de lograr los propósitos deseados.

Estos pasos se tienen que repetir cada 5 años, para la liberación de energía del núcleo, y no se acumule con el tiempo nuevamente.

He comentado dos de los sistemas, de los nueve que estoy dispuesto a comentar, en cuanto los trabajos inicien en por lo menos dos países, informare dos mas cada determinado tiempo, dependiendo de la atención y decisión de seguir lo anterior.

Todo esto es por el bien de la humanidad, compresión, respeto y unión.

LOS EXTRATERRESTRES A TRAVÉS DE LA HISTORIA

Las siguientes líneas es una semblanza de la presencia de los extraterrestres en su planeta, en tiempos inmemorables.

La edad del planeta es de 182 millones de años, en ese entonces se encontraba habitado por humanos.

Por necesidades imperiosas deshabitaron el planeta tierra.

Los motivos eran similares, pero a gran escala, cambios climáticos, insuficiente la cantidad de agua, calidad de aire, desastres naturales, el planeta estaba sufriendo un deterioro significativo, hasta que se inició una baja de posibilidades de vida.

Los humanos de entonces en menor cantidad, se alojaban en una porción del planeta, adecuados a su vida diaria, con tecnologías ajustadas a sus capacidades intelectuales y necesidades.

En ese tiempo dos aerolitos chocaron con la tierra, el planeta estaba conformado de una porción de tierra y lo demás de agua, la caída de estos, causo grandes desastres naturales que devastaron el planeta, afectando a los habitantes de forma importante y grave, falleciendo muchos de ellos.

Citare a los extraterrestres en una forma más simple y corta como extra.

Los sobrevivientes fueron rescatados por los extra de la galaxia de las Pleyades y transportados a su sistema, perdiendo su identidad.

Actualmente las generaciones de esos seres, son los que apoyan al planeta, sus antepasados.

Pasaron 150 mil años para habitarlo nuevamente, en ese lapso, siguieron más aerolitos, causado deterioro significativo, geográficamente hablando.

Aún así, con los problemas geográficos, ingresaron habitantes de la galaxia Zirion, quienes ocuparon el planeta, en diferentes etapas, fueron de las colonias mas grandes, llegando a poblar la tercera parte del planeta, las cuales construyeron y planearon de modo diferente su estancia en el planeta, a los anteriores habitantes.

La cantidad de habitantes era poca, y con las necesidades de sobrevivencia, iniciaron nuevos métodos, en los cuales se apoyaban, sin tener la tecnología de su planeta, se estaban adecuando, al medio ambiente.

A partir del ingreso de los nuevos habitantes, la vida en la tierra, inició una nueva etapa.

Nuevamente se presentaron cambios climáticos severos (Eras glacial, fuego, etc..) y la separación de los continentes, para entonces los habitantes se encontraban mas adaptados, los animales que existían en ese entonces fueron transportados de una galaxia, sin embargo, los climas y naturaleza no les sentaron bien, mutándose, mamut, dinosaurios, etc.

El proyecto del desarrollo animal, no les funciono, los cuales eran feroces y sin control, además ellos mismos decidieron aniquilarlos y algunos animales emigraron a otras latitudes.

Un aerolito, el cual choco con la tierra, matando en forma inmediata a los animales, y afectando a los habitantes, falleciendo algunos de ellos.

La recuperación después del fenómeno natural, les llevo cientos de años, en los cuales los adelantos fueron pocos e insuficientes para su vida diaria, sin embargo, las capacidades intelectuales se desarrollaban de acuerdo a las necesidades del momento.

Tiempos difíciles, aún así la migración seguía de otros sistemas galácticos.

El planeta estaba recibiendo diferentes razas y sistemas de vida, para entonces los continentes se encontraban en la posición actual.

Cada una de estas razas se acomodaron de acuerdo a los climas y medio naturales que requería la población extra, las razas eran muy variadas.

Por el desarrollo y la procreación, requerían de espacios vastos, por lo cual se presentaron algunas diferencias entre las culturas, por las porciones de tierra.

Creando malestar e insatisfacción entre ellos, ocasionando atrasos culturales y tecnológicos.

Poco a poco negociaron y los acuerdos se dieron, respetaron, la bonanza retomo su curso.

Las diferentes culturas perdieron su identidad de extra por ser parte de la tierra y la procreación de familias enteras, ya era otra su situación.

Con las culturas mas adelantadas los pleyadianos, extra de la galaxia Pleyades, iniciaron su apoyo, transmitiendo sus conocimientos de acuerdo a sus capacidades intelectuales de los habitantes y en algunas otras recibieron apoyo de sus ancestros.

Dándose a conocer paulatinamente y en etapas.

Se mencionaran a continuación algunos detalles de algunas culturas las cuales fueron apoyadas por los extra.

LOS EGIPCIOS

Los egipcios gran cultura de avances y proyectos, que aún en la actualidad se conservan sus monumentos, su historia esta basada en la ayuda directa que les proporcionaron sus antepasados de la galaxia Meridera, nombre del planeta que se encuentra cerca de las Pleyades.

Las creencias de los egipcios se basaron en deidades que se encontraban en su planeta natal, ya para entonces, eran sus antepasados.

Momentos fuertes para los egipcios fue la aparición de naves extraterrestres, sus congéneres, los cuales se identificaron y recibieron la ayuda que les ofrecieron en ciencia y tecnología para construir las pirámides egipcias.

Se elaboraron en 7 meses, trabajando durante el día y la noche, el agua la traían del río Nilo en contenedores que los extra habían diseñado para ellos, las cuales tenían adaptadas llantas, facilitando el trasporte de la misma.

Una vez que se desocuparon fueron retirados del planeta, la tierra se removía y recolectada para elaborar los bloques, con los cuales edificaron las pirámides.

La tecnología para los egipcios fue algo excepcional, proporcionándoles materiales y trasmitiéndoles información muy valiosa, en cuanto ciencia, alimentos y vestimenta, de acuerdo a su capacidad de desarrollo intelectual.

Los extra aparecieron en diferentes etapas de la historia en la cultura egipcia, llevando seguimiento de los proyectos entregados hasta entonces, las capacidades intelectuales iban en aumento, por lo cual los proyectos cada vez se presentaban mas perfeccionados.

Las lenguas que aun se hablan en algunas comunidades de Egipto son de extracción extra.

Egipto es una de las culturas mas apoyadas por los extra.

LA ATLANTIDA

La famosa y desconocida Atlántida, sus habitantes emigrados de Yaccartm, galaxia a millones de años luz del sistema solar, por problemas geográficos en su planeta, los ayudaron a tomar decisiones para expatriarse al planeta tierra.

Se ubicaron a las orillas del mar de Cortés, clima húmedo requerido para su sistema de vida, su piel requería humedad constantemente, altamente alérgicos al helecho, enfermedades desarrolladas al ingreso al planeta.

Tenían diferencias físicas con los humanos, su epidermis extremadamente porosa, sensibilidad al los rayos solares, no les permitía libremente convivir con otras culturas, usaban protecciones en su vestimenta.

Excelentes pescadores, escultores y científicos, las esculturas realizadas describían la forma de vida en su planeta.

Lograron medicamentos a base de hierbas, sus necesidades alérgicas requerían el apoyo para sobrevivir.

Su forma de vida muy cómoda y simple, la tecnología desarrollada era única en la región, su trasporte era sensible a los rayos de sol, fueron los primeros en tener rejillas solares, las cuales utilizaban en sus vehículos.

Su vida se vio ensombrecida por un tsunami de gran intensidad, fenómeno natural, que devasto la ciudad.

Al pasar tiempo reconstruyeron la ciudad, haciéndola mas segura y fuerte en su construcción.

Años mas tarde nuevamente un tsunami acabo completamente con la ciudad, falleciendo el 83% de sus habitantes y los sobrevivientes se unieron a otras culturas, similares a ellos.

LOS FENICIOS

Los fenicios cultura trabajadora, creativa, el apoyo extra se inicio a solicitud de 3 fenicios.

Los fenicios observan continuamente las naves en su territorio, en un lapso corto de tiempo se comunicaron abiertamente, confiando y apreciando su interés en ayudarlos.

Los proyectos iniciales en construcción y elaboración de planos, estructuras para viviendas, como complejos habitacionales, en fase primaria.

Los extras seleccionaban fenicios para prepararlos en diferentes ámbitos, de la cultura y ciencias.

La creatividad la canalizaron en esculturas y pinturas, motivándolos por los viajes realizados, por 2 fenicios a la galaxia de los pleyadianos, trayendo consigo información valiosa y nuevas técnicas.

La ambición y la egolatría fueron las bases por lo cual la cultura se fue cuesta abajo, hasta desaparecer.

LOS VIKINGOS

Los vikingos emigrados de la galaxia Artir, galaxia que se encuentra dentro de un sistema solar años luz de este sistema, no conocida en la actualidad, una de las razas mas notorias por su altura, físico y rudeza con tecnologías para sobrevivir únicas.

Los vikingos previamente se habían presentado en el planeta para realizar investigaciones del clima y terreno que habitarían en el planeta.

Una vez que fue aprobado el proyecto, ingresado al planeta una colonia considerable.

Una de las mas espléndidas física y culturalmente, requería de climas fríos, su condición física impecable y su alimentación a base de semillas y cereales, contribuían al aspecto que los caracterizaba.

Las semillas y cereales fueron transportados al momento de su ingreso al planeta, como la cebada, semilla que al ser cultivada, se muto, por no poseer los componentes similares a los de su planeta.

Muy aguerridos y conflictivos, ocasionaron problemas a diferentes culturas, se trasportaban en barcos construidos de madera de pino.

Se adaptaron rápidamente al medio ambiente, por ser similar a su planeta de origen.

LOS ROMANOS

La cultura romana aguerrida y con edificaciones singulares, caracterizadas con materiales tallados, con adaptaciones de insignias propias y extra.

Cada romano contribuía al cumplir la mayoría de edad, a diferentes labores seleccionados por su capacidad intelectual y física, en caso de no cumplir con estos requisitos, se relegaban haciendo trabajos forzados.

Las mujeres eran seleccionadas a la edad de 13 a 16 años pera ser madres, "incubadoras", intentaban hacer una raza sin mezclas, perfección que nunca se dio.

Civilización de las más conocidas, por sus logros matemáticos y científicos, los extras intervinieron en estas dos, activamente.

En sus filas existían extras trabajando directamente, laboraron con ellos durante 36 años, tiempo después regresaron a su galaxia.

LOS GRIEGOS

La civilización griega es punto y aparte, resultados de una vida de esfuerzo y logros.

Los dioses del Monte Olimpo, habitándolo desde hacía 23 años, funcionaba como base espacial de los pleyadianos, la cual era parte del territorio de los griegos.

La intención de los extra era apoyar directamente a los habitantes, la comunicación se inició a partir del contacto que realizaron varios griegos a las faldas del Monte Olimpo.

Escuchando sonidos extraños, logrando ver a 3 de ellos, muy altos, fornidos, piel blanca, sonrientes, amables, vestimenta simple pero de colores brillantes y emanando luz.

A partir de ese encuentro la comunicación con ellos fue directa, dándoles tiempo a los habitantes griegos para adaptarse a su presencia.

Sorprendidos con estos personajes, femeninos y masculinos, reconociendo que no pertenecían a este mundo, los nombraron los dioses del Olimpo, por lo cual los griegos agradecidos aceptaron la ayuda que les ofrecieron.

Zeus, hombre corpulento y sencillo, hablando con acento extraño, con emociones humanas y sensibilidad, se enamoro de una chica de la aldea, fue correspondido, tuvieron 3 hijos, dos hombre y una mujer, los cuales heredaron habilidades de su padre; el mayor muy citado y recordado Hércules.

Hércules, con cualidades y habilidades excepcionales sobresaliente en su físico, alta capacidad intelectual, y guerrero incansable.

Los otros dos hijos notables matemáticos, y científicos.

La civilización griega se desarrollo grandemente a partir de recibir y aceptar el apoyo extra, en las áreas de matemáticas, ciencias de la comunicación, astronomía, desarrollo humano y artes plásticas.

El tiempo que permanecieron en el monte Olimpo, 73 años de los cuales 50 años compartieron y sociabilizaron con los griegos, trasmitiendo sus conocimientos y trabajando arduamente en labores igualitarias con los griegos.

Terminada su labor, regresaron a su galaxia, varios de ellos se quedaron a vivir en la tierra, formalizando una familia.

Zeus con una familia numerosa en una civilización grandiosa que lograron el y sus compañeros.

Zeus murió a los 112 años de edad, gracias a su condición física y mental.

Sus compañeros regresaron en varias etapas de su historia a visitarlos, habían dejado a compatriotas, amigos y proyectos aun sin terminar.

EGRESOS E INGRESOS DE LOS EXTRAS

No todas las culturas fueron apoyadas por los extras, ellos sentían miedo y se negaban a reformar su modo de vida, la rechazaban.

Aun había cambios muy drásticos de clima y los ingresos y egresos, de las diferentes razas era variable.

Ingresaban colonias pequeñas de diferentes civilizaciones para experimentar, al no tener resultados satisfactorios emigraban y así sucesivamente durante un tiempo.

Las que se quedaron se adaptaron y se desarrollaron al ritmo de los fenómenos naturales, que eran drásticos, ya que en ese momento el planeta tenía asentamientos y aún no se encontraba equilibrado el clima en el planeta.

Hay huellas en la historia, de una raza que sus habitantes median de 2 a 3 metros de estatura, sus problemas iniciaron al ingresar a la tierra, los requerimientos de alimentación y vivienda no los cumplía el planeta, ellos lucharon y trataron de adaptarse, no les fue posible, regresaron a su planeta de origen.

En esta etapa las culturas se desarrollaron grandemente, a partir de que los extra iniciaron su apoyo en varias civilizaciones.

Ciencias que les trasmitieron en común, la astronomía, astrología y matemáticas, pero no en todas se desarrollaron en los mismos niveles, dependían de sus capacidades intelectuales de cada civilización.

En algunas culturas los extra seleccionaron a personas con ciertas características, y los invitaban a viajar a su galaxia, aceptando la mayoría de ellos, cambiando sus vidas a partir de esa experiencia.

Las circunstancia en que vivían los habitantes del planeta eran difíciles en algunos momentos, los desastres naturales hacían su aparición, en ciertas culturas por medio de sus predicciones, se anticipaban a la noticia, pero no contaban con lo elementos necesarios para protegerse.

JESÚS DE NAZARET

Jesús de Nazaret, su presencia fue un parteaguas, en esos tiempos al mundo le hacía falta un guía; ser extraordinario por su poder de convocatoria y sus dones espirituales, la luz que emanaba y definitivamente no era de su mundo.

Esta aparición de Jesús, con su presencia, motivó y reforzó la sensibilidad, emotividad, aprendizaje y la credibilidad en un gran líder.

Dejo huella y personas preparadas para seguir su camino.

La vida de Jesús es un misterio, el nació en la pobreza extrema y vivió un tiempo corto en el planeta, a los 2 años 7 meses, fue trasladado a su planeta natal,

Yaccaram, para ser instruido, recordando que su concepción no fue la usual.

En su planeta de origen se desarrollo como científico notable y formo una familia, siendo padre de 2 hijos.

A su regreso a los 32 años, como líder organizo y educo a varias colonias, las cuales eran las más conflictivas, lográndolo en corto tiempo, sabiendo lo que se le esperaba mas adelante y para lo cual fue capacitado.

En su crucifixión sufrió y vivió momentos muy difíciles, mentalmente estaba preparado, pero su físico estaba muy deteriorado, aun después de su muerte, la energía de sus ser se transformo y regreso a su galaxia.

Jesús tuvo la necesidad de acudir años después, a través de sus discípulos, utilizando la escritura automática, quienes transcribieron 15 pergaminos, que se encuentran en la bóveda de la Santa Sede Católica en el Vaticano.

Dichos escritos es información básica, importante para la elaboración de la Biblia, libro sagrado de los católicos, y en los cuales explica, los momentos difíciles que pasarían las sociedades a través de los años.

La etapa de Jesús fue trascendental en cuestión de sensibilizar a los habitantes, su aparición fue en su momento y calculado, con el propósito de regular las sociedades las cuales estaban desquiciadas.

Después de las enseñanzas del líder, se regularon y aceptaron las jerarquías en las sociedades religiosas, consiguiendo ser más amplios sus horizontes.

No obstante que existían otras religiones o filosofías en las diferentes culturas que habitaban el planeta, eran únicamente adaptadas a sus culturas, sin embargo, el trabajo que realizo Jesús le permitió abrir las puertas del mundo entero con su filosofía, conquistando adeptos.

Los desarrollos que se presentaron fueron importantes, cada cultura supero las expectativas en su momento.

LOS MAYAS

La cultura Maya, sin ser la excepción recibió apoyo extra, los pleyadianos fueron de gran ayuda, en las áreas de la ciencia, astrología, astronomía y en el desarrollo de la vida diaria.

Las pirámides fueron planificadas y edificadas con bóvedas, para recurrir a ellas en caso de desastres naturales, por lo cual se encontraban frecuentemente en riesgo, dada su posición geográfica usualmente padecían huracanes, tornados e inundaciones.

A partir de la llegada de los extra fueron de los primeros proyectos que se realizaron, por el grado de peligrosidad que representaban para los Mayas.

Las pirámides y el observatorio, edificados con tecnología extra, singular estructura; el observatorio contaba con telescopio y lentes de cristal, primitivos de acuerdo a su época, con el cual observaban el espacio exterior.

Los mayas se desenrollaron como excelentes astrónomos y científicos creando medicamentos a base de hierbas, propias de su lugar de origen, aprendiendo a usar y a combinar lo existente en su medio ambiente.

Desarrollaron jeroglíficos significativos, a partir de la trasmisión de técnicas de los extra, la capacidad creativa con la que contaban era extraordinaria, era una habilidad innata.

Las posibilidades de conocer otras culturas de la tierra era difícil por si solos, los extra motivaban a efectuar reuniones entre las diferentes culturas, las cuales se encontraban en diferentes partes de la tierra, y algunas civilizaciones mas adelantadas que la de ellos y por consiguiente sus tecnologías superiores, el motivo intercambiar impresiones entre ellos.

Las culturas que participaban eran capaces de trasportarse, contando con trasporte marítimo, los extra los guiaban en la navegación con rutas y planos, protegiéndoles de posibles contingencias en su recorrido.

Dejando huella una visita en especial, fue la primera vez que se congregaron más de 13 civilizaciones, en la ciudad Maya.

Se selecciono por estar cerca del mar para facilitar el acceso a las culturas visitantes.

Esa visita se represento en un bloque de piedra que se encuentra en las ruinas del santuario Maya, en el cual grabaron cada una de las culturas visitantes, definiéndolas con las características propias de su pueblo. Frase actualizada a lo anterior "foto del recuerdo".

Los apoyos siguieron, básicamente en el desenvolvimiento cultural de los maya, las visitas de los extra se espaciaron, realizándolas un vez al año, tiempo en el cual les dejaban tareas en el área astronómica.

LOS INCAS

Los Incas, descendientes directos de los indios masoicos, raza pura, los extra apoyaron a realizar sus templos en etapas, el lugar que se encontraban asentados era montaña, por lo cual requerían maquinaria para regular el subsuelo y realizar las obras, los materiales fueron proporcionados por los extras y la mano de obra por los Incas.

Proyecto parecido, pero en menor escala de los egipcios.

Su sistema de agua, diferente a lo que se conocía en ese entonces, la tecnología que aprendieron, la aplicaron en diferentes etapas exitosamente, sus colonias eran de las mas grandes y conocidas, ya que sus líderes comercializaban por medio del trueque algunos de sus inventos.

Con capacidades extraordinarias de astrólogos, y especialistas en hierbas, muy parecidas a las técnicas de los mayas; debido a las reuniones a las que asistían con pueblo maya, en las cuales había intercambio de tecnología y ciencia.

LOS AZTECAS

Los Aztecas extraordinarios astrónomos, dedicados a las predicciones, su especialidad, reconocidos ambientalistas, sus viviendas adaptadas para contingencias naturales y regulando a través de las ventanas los rayos del sol, crearon ventiladores a base de la luz solar, no ventilaban como tal, pero los movimientos de la palmas y ramas les ayudaban a refrescarse, del intenso sol.

Por su ubicación geográfica carecían de humedad necesaria en su medio ambiente, los minerales y el polvo de la tierra les perjudicaba orgánicamente, los poros de la epidermis se cubrían y su transpiración se afectaba gravemente, reteniendo líquidos, por lo cual sus enfermedades en vías urinarias era común entre los habitantes, trayendo consigo un alto índice de mortandad.

Los extra realizaron apoyos en astronomía, ciencias biológicas y medicina, apoyando prioritariamente en salud, trasmitiéndoles conocimientos de acuerdo con ingredientes herbales con los que contaban, con la combinación de ellos, iniciaron un proyectos de salud certero y efectivo, con resultados inmediatos.

En el área de astronomía la información trasmitida por los extras y su capacidad intelectual aportaron grandes conocimientos a la ciencia, creadores del calendario azteca, basado en sus experiencias astronómicas, con predicciones muy certeras revelando los cambios climáticos que se avecinan.

Socialmente fueron un parteaguas para las demás civilizaciones, tenían organizadas sus colonias jerárquicamente, los sacerdotes eran seleccionados desde muy jóvenes e instruidos por los extra, capacitándolos durante dos generaciones.

DESARROLLO DE LA HUMANIDAD

Las diferentes razas para este tiempo ya habían desarrollado técnicas propias, de acuerdo a su modo de vida en el planeta, la procreación era importante en número, las cuales solo sabían lo indispensable de sus antepasados.

Pasando las etapas básicas de los desarrollos de las civilizaciones los extras, continuaban apoyando, en una forma discreta, trasmitiéndoles informaciones en diferentes modos y formas.

Aún sin saberlo los habitantes se relacionaban personalmente con los extra, ellos convivían con ellos en diferentes zonas del planeta, facilitándoles información para su desarrollo en diferentes áreas.

Continuaban los ingresos de las diferentes galaxias, grupos de investigación, evaluando a la tierra para sobrevivir y pruebas básicas del clima, que aun continuaba sin estabilidad en sus climas.

Nor colonia pequeña de 192 habitantes galácticos, de reciente asentamiento en el planeta, habitaban el centro de Europa, un fenómeno natural, terremoto, devastó su colonia, muriendo algunos de ellos por lo cual se transportaron a su planeta de origen.

Paso el tiempo desarrollándose las culturas, problemas políticos en las demarcaciones territoriales, se iniciaba nuevos sistemas de gobierno.

Nuevas etapas sociales, "clasistas", evaluando a los gobiernos por su poder político y adquisitivo.

Evolutivamente los extra seguían el desarrollo mundial, sin involucrarse directamente, pero seguían su apoyo de modo prudente.

SIGLOS XVI, XVII, Y XVIII

En los siglos XVI, XVII, Y XVIII pocas novedades científicas y tecnológicas; noticias aisladas, la penicilina, teléfono, fonógrafo, los hechos mas relevantes en comunicación, rebeliones en todo el planeta, imperios clasistas, sociedades divididas por intereses personales de algunos.

Los extra activos pero cautelosos, tenían contactos pero no los suficientes para apoyar a los gobiernos como usualmente lo hacían, la confianza en los humanos era poca, no cumplían los requisitos de selección, que son la armonía de mente y cuerpo, los intereses de entonces era otros.

Los desastres naturales al momento de presentarse se daban cuenta que no contaban con lo necesario para salvar y sanar vidas, los adelantos eran pocos y aislados en el planeta.

Por consecuencia el desarrollo se vio afectado, dando paso a otros intereses, con pocos beneficios tecnológicos y científicos.

SIGLO XIX

A partir del siglo XIX, prosperó nuevamente el desarrollo, dando paso a los inventos y conocimientos elevados en todos los ámbitos, interés especial en el sistema planetario, sacando conjeturas si habría vida en otros planetas, pero cavilando únicamente en su sistema solar.

La realización del primer planetario moderno, de acuerdo a su época; dándoles la oportunidad los extra para sacarlos del error de su existencia, pero por supuesto la egocentría del humano no se permitía adentrar mas claramente, a pesar de hechos que ocurrían en el espacio como cuando lo observaban.

A través de los años de este milenio los éxitos tecnológicos y científicos, fueron mas efectivos en todas las áreas, excepto en la astronomía, los adelantos eran pocos y varias teorías acerca de los extra.

Tenían inseguridad al referirse al sistema solar, la información de cada planeta se daba por medio del telescopio, con varios errores y algunas teorías que más bien parecían cuentos de hadas.

Los extras decidieron desaparecer, aparentemente, los habitantes de ese entonces veían con terror las naves espaciales, si alguna persona comentaba de haber visto algo en el cielo, los acusaban de desquiciados, por lo cual nadie exponía su experiencia, para evitar que lo rotularan.

La falsedad al mencionar las novedades encontradas en los planetarios, de las experiencias obtenidas por investigadores y encuentros con los extra en el sistema solar, minimizaban los hechos o distorsionaban.

Era un hecho que esas verdades, bien guardadas y custodiadas de los diferentes gobiernos, no era del conocimiento de los humanos, para los extra la falta de capacidad y comprensión.

En una ocasión un grupo de personas, contactaron a los extra, solicitándoles información acerca de algunos problemas en especifico de desarrollos marítimos.

Les fueron resueltos sus problemas y los apoyaron durante el proceso de desarrollo que les habían solicitado, durante 5 días en el puerto de algún lugar de Inglaterra.

Cada vez que se presentaban las naves espaciales en el firmamento y las personas los observaban, eran sorpresas no muy gratas, el miedo y dudas, "por que se aparecen", "que quieren".

Esta información era la que los gobiernos debían facilitar, ellos tenían información de los extras suficiente para aclarar dudas, sin embargo, no estaban dispuestos a proporcionarla.

Sin embargo, hubo actividad, los extra apoyaron al planeta, en la acumulación de energía de la zona norte del planeta, las auroras boreales contribuyen a cargar de energía al planeta, son hermosas pero nadie sabe, lo que sucede científicamente hablando.

Ellos en su momento apoyaron al planeta, no solo en esa ocasión, han tenido que apoyar, en muchos más.

SIGLO XX

"Siglo Sangriento", hechos inhumanos, el mas conflictivo y caótico de todos los tiempos.

Los extra observando y respetando, sin aceptar los acontecimientos que en esos momentos vivían personas inocentes y víctimas de unos cuantos, daños geomorfológicos al planeta, el cual esta prestado para que lo habiten, mas no les pertenece.

La tecnología y ciencia, les sirvieron para aniquilar y retomar la prehistoria, las vidas que se perdieron innecesariamente, dejando dolor a la humanidad y atrasos a su civilización.

Los extras como siempre atentos a cada suceso en la tierra y protectores de los humanos, tratando de reformar las conductas de odio, a través de contactos terrestres, sin ningún resultado.

A partir de 1950, los extra iniciaron un nuevo programa de selección de contactos, eligiéndolos en diferentes partes del mundo.

Las cuales eran instruidas mentalmente (telepáticamente), fueron pocos los seleccionados que tuvieron la oportunidad de relacionarse personalmente con ellos.

Rara vez los contactados se conocían entre ellos, cuando se a requerido combinar información o proyectos, los mismos extra realizan el contacto, en ocasiones viajando al sitio donde se encuentra la persona contactada.

La visita a la luna muy sensible para los astronautas, sus gobiernos no les anticipo información acerca de los extras.

En el trayecto a la luna los astronautas obtuvieron noticias por si mismos, visualizaron algunas naves espaciales, al aterrizar más que emoción, era miedo y dudas en su descenso, esto les sucedió por no estar debidamente preparados y abiertos a las comunicaciones espaciales.

En realidad el error no fue de los astronautas, sino de las personas que los prepararon en diferentes ámbitos a los viajantes espaciales, sin informar detalles que ya eran de su conocimiento.

A partir de este siglo las flotillas de naves espaciales de diferentes razas, las mas comunes las de los pleyadianos, son visualizadas alrededor del mundo, los motivos es convencer a los humanos que su presencia es absolutamente de apoyo, como siempre lo ha sido.

SIGLO XXI

Cambios esperados que aun no llegan.

Situaciones adversas han estado presentes en lo que va del siglo XXI, sin embargo, tienen la capacidad individual para salir adelante y unida la comunidad terrestre lograrían la paz mundial.

La unión hace la fuerza, se requiere el apoyo de cada uno de los humanos, para salvar al planeta, es tiempo de ser hermanos, solidarios y comprometidos con la situación actual.

Cada individuo que viva en la tierra es parte de la comunidad terrestre, dicho lo cual, tienen un compromiso con el planeta.

2002 los extras apoyaron a la tierra desviado un aerolito, de no haber sido así, hubiera colisionado en una porción importante de Asia.

Los desastres naturales, que aquejan actualmente al planeta, son en parte de energías acumuladas en el núcleo de la tierra, otra parte por el sobre peso que se localiza en el planeta.

PRESENTE

La historia anterior fue una sinopsis a grandes rasgos de lo acaecido en el planeta, la tierra esta en peligro, como lo estuvo hace millones de años, la oportunidad por el momento, la posibilidad de rescatarlo.

Los años que se han pasado sin ayuda sustancial al planeta tierra, los desastres naturales, no han sido únicamente en la superficie, también desgastes importantes en las capas terrestres.

Cada capa se encuentra desgastada, en un 62% aproximadamente; es única es su formación y calidad de minerales que se encuentran en ellas, cada vez que se presenta un terremoto ya sea de mar o tierra, sufren deterioros, y se habla de millones de años de la existencia de la tierra, ¿cuantos movimientos a habido?.

Por el momento respetar el aire, el agua, la naturaleza, no es suficiente, se requiere apoyos drásticos e importantes para sanar en partes el planeta y lograr una recuperación en etapas.

Los sistemas que propongo son prácticos y se requieren realizar, liberar las energías y conseguir reducir la intensidad de los movimientos telúricos, a su vez sería importante relajar las capas terrestres.

Es de sentido común las ayudas que proporcionan los extra, sin ellos no se podrá recuperar la capa de ozono, y el bienestar del polo norte, otra forma, ¿cual sería?, les pregunto a los científicos.

Para los humanos llegar a realizar esta tecnología, tardarían por lo menos 25 años para tenerla, y realizando las prácticas de prueba y error.

SISTEMA SOLAR

Al Sistema Solar están por ingresar a su orbita, dos planetas, el primero en la orbita de Plutón y el segundo en la orbita de Neptuno.

Estos dos planetas de tres, los mismos que le abrirán el paso al tercero, cada uno de estos son inhóspitos e inhabitables, son planetas desabitados desde hace millones de años, tienen cientos de historias como el de ustedes.

Cada planeta nuevo será nombrado con los nombres de sus descubridores, sin embargo, para la ciencia es un misterio por la lejanía de la tierra con ellos, sus componentes son oxigeno y minerales tóxicos para el humano, muy lejanos del sol, menos capacidad de agua y tierra seca en desierto con vientos de 220 kilómetros por hora, y desechos químicos de otros sistemas.

En su momento pertenecieron a otros sistemas solares, en las galaxias que orbitaron fueron investigados, consiguiendo información general, como hoy ustedes de Marte, muy someramente; son planetas ya agotados e imposibles de habitar.

Una de las esperanzas de los científicos terrestres es poder habitar otro planeta, los de este sistema difícilmente podrían ser, son inhóspitos, y complejos para habitarlos.

Los extra han usado como basurero algunos planetas de sistemas desabitados, para retirar las armas nucleares y radioactivas de sus galaxias, desde hace cientos de años.

Para algunos sistemas galácticos, los materiales radioactivos son obsoletos, sus tecnologías mas avanzadas y no requieren armas para aniquilar a sus semejantes, son civilizados.

Estos planetas vienen a posicionarse en su sistema solar por miles de años y en su momento cambiaran de orbita hacía otro sistema solar.

Los días que ingresen al sistema solar serán momentos fuertes y felices para la gente que los observe, nuevamente se harán estudios, para elaborar planos del renovado sistema solar.

A través de los años se han modificado las épocas del año, por el momento en un solo día se ven las cuatro épocas, esto es parte del lento proceso de cambio climático, que se a presentado durante 45 años.

Motivo por lo cual los cambios de épocas del año próximo, serán diferentes, las horas hasta hoy marcadas se modificaran y las estaciones entraran con una diferencias de minutos.

El sol tiene millones de años de existir; era una estrella gigante, su condición cambio a partir que colisiono con un aerolito, la cual la incendió, y gracias a sus componentes, combustible natural combinados con otros químicos, permanece encendida.

Las explosiones son parte del envejecimiento del sol, pero el problema no radica en su edad, el núcleo del sol tiene grietas y es la forma en que expulsa la energía acumulada.

Para la tierra no significan problemas severos estos acontecimientos, por el momento.

La energía que trasmite a la tierra es la misma desde hace millones de años, lo que no es lo mismo es la capa de ozono que protege la tierra de los rayos solares, la cual esta mas delgada, sin protección del 100% a la tierra de los rayos ultravioleta.

La energía del astro sol, tiene una edad cronológica de 199 millones de años; al inicio del sistema solar, se integraron primeramente Mercurio, Urano y Neptuno, fueron los primeros planetas que orbitaban en el, cada mil años se fueron agregando los demás, hasta acompletar el sistema.

Plutón el último planeta que ingreso al sistema solar y curiosamente el primero en partir.

La luna, estrella que se adiciono después de haber ingresado el último planeta, orbitando primeramente en las lunas de Saturno, la cual se desvío por aerolitos que colisionaron con ella.

Reconocida mundialmente por el embrujo que les causa al observarla, en los cambios de luna (fases lunares), en los cuales trasmite energía, la luna a tierra y viceversa, lo cual se manifiesta en algunos eventos en la tierra, mareas, emociones, etc....

Cada fase representaba para los mayas una semana, por medio del observatorio se informaban cual sería la próxima y fueron los primeros en crear y desarrollar el calendario apegado a lo que se conoce actualmente.

La luna es sensible a los gases que se elevan a la atmósfera, los aros que se logran divisar, es lo mismo que le pasa al sol, no hay que preocuparse esto también terminara en cuanto inicien los trabajos de apoyo al planeta.

Los aerolitos de vez en cuando se aparecen en el firmamento, por lo menos en dos años se verán lejanos, sin ningún problema para la tierra.

Los extra están atentos a sus necesidades en el universo, por la hermandad que les une y por sus antepasados, quienes habitaron el planeta en sus inicios.

El universo es azul oscuro se ven ir y venir naves de distintas galaxias, unas que pasan de largo su planeta y otras mas que los visitan.

OTRAS GALAXIAS

Los sistemas son muchos en el universo, los dos mas cercanos a ustedes son las Pleyades, y Commart, en sistemas sus adelantos tecnológicos son de alta capacidad y seguridad, los habitantes de estos sistemas, sexo indistinto saben y trabajan en cada uno de ellos, sin peligro alguno.

Cada uno de estos sistemas tiene su modo de vida, no es igual ni parecido al de ustedes, cada habitante recicla cada gota de agua y los alimentos se cultivan en cantidades suficientes requeridas para cada familia, por colonias.

Los sistemas de cultivo son obsoletos, la forma de vida es más simple, las máquinas reciclan y trabajan sin químicos, lo solucionaron hace 100 años.

Los alimentos y el agua, fueron eficaces en su repartición y regulación, con tiempo e investigación lograron la duplicidad de estos, a través de tecnologías simples y sin riesgos para la población.

Son tecnologías que difícilmente se podrían lograr en este planeta, los humanos están más ocupados en clonar diferentes especies, maniobrando la genética, como si les hiciera falta en el planeta.

Las moléculas de agua se reciclan y con los residuos del "primer mundo", por ejemplo, se podrían hidratar a los habitantes de África, sistema que han creado y desarrollado los Pleyadianos.

Los sistemas solares son miles, algunos habitados otros no, cada planeta habitado lucha por ser uno de los mejores, en cada mundo han pasado lo mismo que ustedes, pero en esos mundos la unión, inteligencia y bonanza a ganado.

Los momentos que se vivieron hace miles de años del deterioro del planeta, se pueden percibir en la actualidad, sin embargo, están a tiempo de corregir errores del pasado, trabajando mundialmente para recuperarlo, con proyectos variados.

Los científicos, son importantes para las naciones, sin embargo, no cuentan con el apoyo que requieren, son pocos los gobiernos que alientan las investigaciones en los diferentes ámbitos, por consiguiente los individuos con capacidades sobresalientes no tiene la atención debida.

En Suiza se encuentran buenos investigadores, que a la larga serán excelentes científicos, pero las edades fluctúan entre 14 a 21 años, las edades en ocasiones nada tienen que ver con capacidades intelectuales.

Cada uno de estos genios solo recibe condecoraciones y ¿quien les ha ofrecido un laboratorio para las practicas en genética marina?, nadie.

Los gobiernos, se basan en investigaciones de salud, lo elemental para la supervivencia, dadas las condiciones del medio ambiente.

Sin embargo, los problemas de salud son consecuencia de otros factores, sería mejor que se trabajara con el origen y no en las consecuencias únicamente.

Se requieren mas cerebros y decisiones firmes, los proyectos están presentes, no todo se hará en un solo país se deben combinar y coordinar para la salud.

De las enfermedades que se sabe y se sabrán en todo el mundo, en su momento.

Las vacunas son buenas, pero hacen falta mas, las enfermedades están rebasando a los medicamentos, las capacidades médicas son convencionales, se requiere nuevo sistema de estudio médico.

Este sistema de salud saldrá en el siguiente escrito.

Esta historia es la verdad del pasado de todos los humanos, la valoración que hagan de ella es a criterio de cada uno de ustedes.

VIDA Y MUERTE

El sentido de la vida se encuentra en cada humano, el ser es infinito y único, con un destino que cumplir, durante su estancia en esta dimensión o plano.

Al nacer del vientre de la madre, se cumple un ciclo, hay seres que antes de nacer fallecen y aun así cumplen su misión.

Cuando nace se tiene fecha de vida, fecha de muerte, misión y un destino que cumplir.

En la mayoría de los casos se cumplen esos señalamientos de nacimiento, hay excepciones y se terminan de cumplir aun después de la muerte.

La muerte es común para todo ser vivo, la fecha de muerte, esta definida desde su nacimiento.

La muerte no es castigo, es un ciclo de vida que termina, natural.

Es la continuidad de vida, es cambio de casa (llamándolo de algún modo, el trace que se realiza al morir), la energía que se genera dentro del ser, es la energía que sigue aun después de morir.

Este cambio se realiza en segundos, hay remembranzas del paso por la vida, cada momento y sensación, valorando la vida y reconociendo las acciones buenas o malas.

No hay castigo, al momento que se ve al ser de luz, se dan mentalmente informaciones e inicia la nueva vida, llameémoslo "protocolo de entrada".

Son secciones, dependiendo de la energía que se generó durante la vida terrenal, se notifica la sección que corresponde.

Cada sección corresponde cumplir con un trabajo en específico, que se realizara durante el tiempo que se encuentre ahí, al alcanzar mas energía se cambia de sección y de trabajo.

Así sucesivamente, la energía se va ganado de acuerdo a los trabajos y energías que envíen del plano que abandono.

Los motivos de regresar de algunas energías son muy variados, para ayudar a una persona, a su familia, etc..

Al momento que se cambia de casa, es decir pasan a otro plano, se abre la mente y conocen el futuro de las personas del plano terrenal.

Manejan tiempo y espacio, la forma de presentarse varia según con la energía con que cuenten, no siempre regresan individuos que dejaron bien su plano terrenal, no lo requieren.

Las presencias de las energías, son de acuerdo a sus necesidades en específico, la cual se da en diferentes formas y situaciones.

Personas sensibles las perciben y la ayuda se puede proporcionar o las peticiones de ellos realizarse, dentro de lo posible.

La presencia de las energías es de segundos en el plano terrenal.

Una vez terminada la visita en el plano terrenal, regresan a su sección, en ocasiones con más energía, por la ayuda entregada.

No todos los seres al momento de morir pasan a la otra casa, personas que sufren accidentes, suicidios, muertes violentas, su estado emocional se encuentra en shock, por lo cual, no se permiten reconocer que se encuentran en otra dimensión, se apegan a lo material.

Cuando se dan cuenta, ya sea con ayuda o solos, se desprenden y pasan.

La ayuda en ocasiones es proporcionada por personas con percepción muy amplia, que pueden captar las energías necesitadas.

Existen energías que a pesar de haber fallecido hace miles de años persisten y continúan en este plano, por algo que dejaron de hacer, en ocasiones se dejan ver, oír, sentir, inclusive con un aroma en especial.

Esos casos, son poco común, comparándolos con los demás, un porcentaje del 93%, se realiza normalmente.

LOS SELECCIONADOS

Existen personas que ofrecen, ayudas especiales, dotadas de dones, sensibles y muchas de ellas equilibradas espiritualmente.

Alrededor del mundo existen personas con estas capacidades, en forma muy variada, sensibilidad a la percepción de las energías, que le trasmiten información desde la otra dimensión o plano y de los extra.

Las personas nacen con estas aptitudes, que en el transcurso de su vida se desarrollan, y de algún modo se integran a su vida diaria.

Siendo personas comunes, con diversos trabajos u oficios, realiza su misión de apoyo espiritual a través de los dones.

Dependiendo del don que se tenga será la ayuda que se entregue, es decir, los dones mas comunes son, parlamento, curación, escritura automática (la menos común), videntes, mediums, tarotistas, etc....

Parlamento: se pronuncian palabras sin ser procesadas, sus contenidos son avisos, o guías para las personas que lo solicitan.

Curación: en sus diferentes modalidades, energía a través de las manos, medicamentos, diagnósticos.

Escritura automática: escritura sin ser procesada por el cerebro, ya sea en dibujos o escritura, la menos común.

Videntes: percepción a través de la mente de hechos recientes, personas de la otra dimensión trasmitiendo información, hechos futuros, avisos.

Mediums: los seres de energía usan su cuerpo para trasmitir información a quien la solicita.

Tarotistas: personas sensibles que leen las cartas tarot, más reconocidas y solicitadas.

Son sensibilidades, que en su momento aceptan o no los dones, son libre albedrío.

Las personas que se encuentran con estos dones, tienen necesidad, en ocasiones de contar con algún guía, en otras se trae consigo la información.

Esto se ha presentado a través de los siglos, sin comprender los motivos y el servicio que darán a sus semejantes, en ocasiones sin apoyos y falta de compresión de las personas que los rodean.

Las señales se reciben en la parte central del cerebro, sensitivamente se abre la mente para percibir y lograr el desarrollo sin darse cuenta, en algunos casos sorprendentemente; la percepción y desarrollo no es a voluntad.

Científicamente no comprobables, sin embargo, la energía que se ve a través de rayos infrarrojos de estas personas, son colores firmes y claros.

Lo anterior es lo común que se conoce, estas comunicaciones son parte de las vivencias diarias de los individuos, la capacidad mental es extensa, siendo uno de los órganos, no utilizado en su totalidad.

La capacidad cerebral, es la única que le permite percibir y lograr el desarrollo de la sensibilidad o percepción, trasmitiéndose a través de los sentidos.

Los apoyos que trasmiten son variados, salud, ciencia, tecnología, sociedad, política, y mas, tanto como de los extra como espiritualmente.

El desarrollo mental e intelectual que desarrollan los seleccionados de los extra es superior, dándoles la oportunidad a trabajar con un porcentaje mayor del cerebro.

Aprendizaje que se trasmite a través de la telepatía, es un proceso de tiempo, dependiendo del apoyo y apertura del seleccionado.

Los años que están apoyando los seleccionados a sus semejantes, se encuentran a lo largo del tiempo con experiencias muy gratificantes.

El encuentro con energías o fantasmas es una parte muy importante, ellos saben a quien acercarse, buscan el medio y la forma para comunicarse con la persona, para llegar a donde les interesa.

HASTA PRONTO

La historia de su planeta resulta muy compleja para sus alcances, su ciencia se basa en la lógica, sin embargo, lo anterior es parte de su historia y de alguna forma los apoyará para tener mas información para estudiar e investigar.

Las personas con habilidades innatas, se encuentran alrededor del mundo, unas conocidas y otras no, cada una en su tiempo y capacidad, para apoyar en diversas formas a sus semejantes.

Deseando vivir en un planeta superior en todos sus ámbitos.

Respeto, conciencia, hermandad, requisitos para lograr el bienestar en sus vidas y en su planeta.

TERCER CAPITULO

Año 2009

MEZCLAS DE ADN

El ADN la cual contiene información básica de salud desde la concepción; realizando una investigación de la comunidad terrestre elemental desde mi punto vista, arrojando conjeturas muy acertadas desde antes del nacimiento, aclarado muchas dudas de las factibles herencias familiares de salud e información general de cada humano.

En la comunidad terrestre las mezclas de ADN son parte de su pasado, los problemas de salud se deben a diferentes causas y motivos.

La mezcla de razas galáctica y humana, de la cual se formo la raza de los mestizos, es decir las composiciones que se efectuaron a través de los siglos hace millones de años.

Una de las teorías de la comunidad terrestre es la de Darwin, científico excelente en su época, convencido que el hombre se había desarrollado a través de millones de años resultado de unos genes de animales y poco a poco se habían mutado, dando como resultado la formación genética actual.

Una de las tantas mezclas que se perpetraron en razas galáctica y humana, se realizo hace millones de años, dando por resultado una especie diferente, con capacidades intelectuales muy bajas, no muy acertada la mezcla por los desordenes genéticos que se presentaron a través de la misma reproducción que se realizo a través de los cientos de años.

DARWIN

Esto lo menciono por que en especial esta raza son créditos para Darwin, su teoría era en parte cierta, pero no totalmente.

Siendo una porción muy pequeña de estos seres en una comunidad sin precedente alguno, la cual se desarrollo a las orillas de los Alpes Franceses.

Siendo una tribu nómada; durante su desarrollo los cambios físicos que presentaron, convirtiéndose en una raza antisociable, no convivían con otras razas por los mismos desordenes físicos y psicológicos que presentaban.

Por lo tanto su crecimiento fue mínimo, ya que los problemas de las mezclas de ADN presentaron inconvenientes registrando un alto porcentaje de mortandad en los menores.

Hago hincapié en dicha raza debido a los datos genéticos que arrojan los genes que desarrollaron y se mutaron en forma sin igual, en esta época existen algunos humanos descendientes de ese grupo, en el continente europeo.

PREGUNTAS Y RESPUESTAS

A lo largo de este escrito aparecen preguntas y respuestas, las preguntas fueron formuladas por una servidora y las respuestas son transcritas integras del Cuate.

Pregunta: Cuales serían las diferencias genéticas con este grupo en especial?

Respuesta: "Una situación no vista comúnmente por la comunidad terrestre, este grupo en particular tienen desarrolladas capacidades y habilidades galácticas, no registradas en otros grupos, aun siendo la comunidad terrestre descendientes de las diferentes razas de extraterrestres, no es común con estas secuelas genéticas".

Diferentes razas galácticas y humanas se mezclaron exitosamente siendo una parte importante para el desarrollo de la comunidad terrestre, siendo notoria a lo largo de los períodos transcurridos en la tierra, mostrando la variedad de etnias e idiomas en la actualidad.

Una de las razas existentes en la actualidad pura, es la africana, siendo uno de las últimas mezclas galácticas y humanas que se realizaron en épocas pasadas, indiscutible en su formación genética.

Pregunta: Por que esta raza es indiscutible en su formación genética, tiene algo que ver que era otra civilización no conocida hasta entonces?

Respuesta: "Así es, esta después de repoblar el planeta pasando algunos años ingreso a la tierra una civilización galáctica, la cual se formo en las orillas de lo que es hoy el Continente Africano.

Desarrollando una raza muy importante ya que los genes humanos y los extraterrestres se combinaron con exactitud, no visto hasta ese entonces.

Esta raza a lo largo de los años, se ha desarrollado con algunos problemas de salud, sin variación importante con referencia a otras razas humanas, sin embargo algunos individuos de esta comunidad tienen como sello dos corazones".

MUTACIONES

La búsqueda de la perfección a través de las diferentes investigaciones que se realizan en algunos humanos, como hacer pruebas de medicamentos, gases e inclusive alimentos.

Traen como consecuencia diversidad de problemas orgánicos y físicos, inclusive alcanzando a las siguientes generaciones a pasos agigantados.

Como anteriormente comente, los problemas de salud, se han salido de las manos de la comunidad terrestre, las mutaciones que se han presentado, debido a los diferentes factores que azotan en la actualidad.

Los cambios climáticos, mutaciones de virus y bacterias, alimentación, conservación del medio ambiente, mezclas genéticas, entre otras.

Siendo un verdadero problema en la actualidad derivado de su falta de conciencia y compromiso a la propia vida y existencia.

Las consecuencias se viven, afectando salud y condiciones de sobre vivencia.

En la actualidad en su planeta se encuentra un porcentaje importante con casos de malformaciones embrionales.

Los problemas se regularizan a través de los estudios de ADN de los embriones por nacer, dicha información evitaría el desgaste de la madre y la pobreza con respecto a la calidad de vida del neonato.

Se debe a las mezclas que se han consumado a través de millones de años, y han afectado algunas cadenas genéticas mostrando alteraciones en el ADN.

Las mutaciones que se han perpetrado, no hay marcha atrás, sin embargo, los sucesores tendrían la posibilidad de limpiar los errores genéticos a través de los sondeos pertinentes.

El ADN actual es una mezcla de diferentes razas galácticas y humanas, las cuales a través de los años se han mutado, no siendo estirpe pura actualmente con respecto a las razas de ese entonces.

Por lo cual se han presentado mutaciones diversas, reflejándose en una mezcla de razas y por consiguiente errores genéticos severos.

Esto debido a la mezcla de diferentes etnias durante siglos, es el resultado de las malformaciones actuales, derivados de las uniones de genes y por resultado ADN con errores de formación genética, muy notorias en el presente.

Pregunta: Nos comentas que las mezclas son los problemas genéticos en la actualidad, se puede hacer algo para corregir esos errores y apoyar a nuestros descendientes?

Respuesta: "Si pero antes de poder hacerlo se requiere actualizar el sistema médico, ya que se pretende investigar los cromosomas de la pareja antes de procrear, sometiendo a estudio y corregir el problema de cromosomas que podrían presentar".

Pregunta: Sería el momento de ampliar el sistema médico de investigación genética o de algún modo iniciar el cambio en esta área?

Respuesta: "Complejo todavía para la comunidad terrestre, este tratamiento consta de dos etapas, el cual no solo se realizaría para las personas que anhelaran ser padres, también para corregir algunos problemas genéticos de los humanos en edad adulta".

INVESTIGACIONES OBSOLETAS

Los estudios médicos son obsoletos en la actualidad, es decir si en su momento se realizan estudios antes de las mezclas de genes se evitarían en gran medida los problemas de malformación que sufren algunos humanos, que en ocasiones les acorta la vida y los que sobreviven sin calidad de vida.

Al no tener capacidad médica esencial en cuestión en genética los humanos no consigue corregir algunos errores genéticos.

Siendo un problema en la actualidad por los gastos médicos que generan a los gobiernos de la comunidad terrestre, los millones de enfermos.

Seres que padecen deformidad y discapacidad para ser atendidos en los servicios médicos como se requiere y a su vez afectada su vida productiva e independencia.

Pregunta: Mencionas que la actualización médica es compleja para las sociedades terrestres, según en el planeta hay numerosas investigaciones realizándose en diferentes ámbitos que nos afectan, ya sabes cambio climático, genética, virus, etc.?

Respuesta: "Los métodos no son verosímiles ni aceptables de acuerdo a las necesidades de tu mundo, se encuentran patrones alrededor del mundo con los cuales las naciones solo realizan investigaciones obsoletas, sin llegar a la ayuda y corrección que requiere urgentemente el planeta y otras cuestiones de salud, que eso es punto y aparte".

Los porcentajes que se manejan en la comunidad terrestre de individuos discapacitados o con malformaciones, son erróneas, estas estadísticas se realizan basándose con gente que es asistida en hospitales, sin pensar que hay millones de personas que no tienen servicio médico o no asisten al servicio medico.

La inexactitud de estos porcentajes es elevada, con lo cual no tienen el conocimiento del número de enfermos que se encuentran en el planeta tierra.

ADN

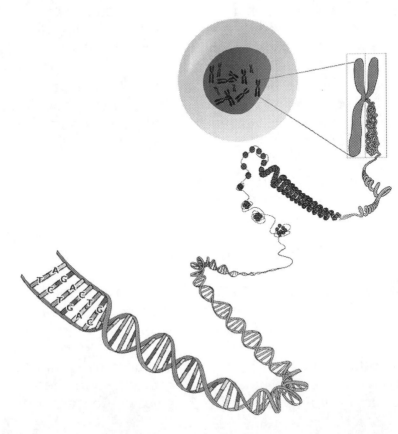

Las moléculas agrupadas en un sistema son millones, como es sabido por todos ustedes, cada una de estas partes contiene información de formación básica para la existencia de un ser.

A través de los años cada una de estas partes se muta al desarrollarse un nuevo ser, sin embargo estas mutaciones en repetidas ocasiones tienen marcas genéticas de información negativa, estos problemas de desarrollo son atrasos en las culturas.

Genéticamente algunos exámenes que se practican antes de nacer a fetos seleccionados, realizando estudios desde el cordón umbilical no es suficiente, se requiere la investigación de los cromosomas.

CROMOSOMAS

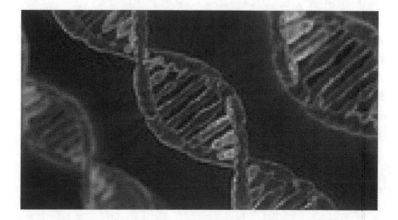

Unos de los muchos problemas de la comunidad terrestre, son poseer conocimientos básicos con respecto al desarrollo e investigación de los cromosomas.

Existen 3 fragmentos contenidos en los cromosomas humanos, aun no conocidos e investigados en su comunidad, cada uno de ellos son parte esencial para el conocimiento del plan de vida de cada ser, en lo concerniente a la salud.

Estos fragmentos tienen características y registros de los antepasados de por lo menos 7 generaciones pasadas.

La importancia de conocer y reconocer estos fragmentos, es debido a la situación actual en la que viven, es decir la malformación genética que han venido arrastrando, es destructiva y deteriora la calidad de vida; alcanzado porcentajes importantes en la comunidad terrestre.

Pregunta: Una deformación genética se podría encuadrar el trastorno de hiperactividad?

Respuesta: "Si, las neuronas son inmaduras combinados con algunos problemas de arterias cerebrales, al paso del tiempo en algunos de estos seres, tienen modificaciones importantes cuando se presentan los cambios de edad y alcanzan una maduración neuronal importante.

No en todos los casos tienen esa fortuna, ya que las neuronas son persistentes y el daño es irreversible, y estarán en tratamientos médicos constantes. Este trastorno tomo fuerza desde hace 18 años hasta la fecha.

La calidad de vida de ellos no es imposible que mejore, ya que en la comunidad terrestre están encontrando los apoyos necesarios para estos seres".

Pregunta: Pero estos niños padecen mucho y si es verdad hay afortunadamente variedad de medicamentos y terapias psicológicas para apoyarlos, pero la sociedad no los acepta?

Respuesta: "Si, ciertamente padecen por que la mayoría afecta a una sociedad sin sentido común a los cambios sistemáticos de la niñez.

Son niños o niñas con creatividad, percepción, sensibilidad, carisma, modificados y con crecimientos intelectuales importantes".

Pregunta: Debido a la mutación desafortunada de algunas personas, es por lo que mencionas que es destructiva?

Respuesta: "Si, las necesidades actuales de salud se requieren seres sanos y sin problemas de salud importantes, un porcentaje significativo de seres concebidos en los últimos 50 años a tenido consecuencias genéticas y a su vez las trasmite a la siguiente generación, dando paso a otros problemas ya que cada mezcla de ADN se muta".

Pregunta: Por que las necesidades de salud y enfatizas actuales?

Respuesta: "Debido a los cambios climáticos, los problemas de salud se acrecientan resultado de las mutaciones estaciónales, la calidad de aire, agua, diré básico para sobrevivir; el clima variable y contaminando la atmósfera, se observa una nata blanquizca proyectando hacia las ciudades mas pobladas y no decir de el agua escasa y contaminada.

La situación respecto al agua es un problema grave actual, la capacidad de presas y retenedores del líquido, insuficientes para el gran número que conforma la comunidad terrestre".

Pregunta: En el planeta tenemos muchas emergencias en cuanto los productos no renovables, pero poca importancia le dan los ciudadanos a esto, que proyecto se podría iniciar para tratar salvar en alguna medida estos productos?

Respuesta: "Las capacidades de la comunidad terrestre se encuentran dispersas en diferentes proyectos, para cada país hay diferentes prioridades, la unión de la comunidad es básico.

Sin embargo cada humano debería comenzar por cambiar su tipo de vida, es decir no engañarse creyendo que todo es para siempre, iniciando cambios en su alimentación".

Pregunta: Por que iniciar por los alimentos?

Respuesta: "Los alimentos son básicos para la salud, en la comunidad terrestre tienen una vida muy cómoda entre latas y congelados, estos alimentos con conservador tienen el problema de crear enfermedades a no tan largo plazo, las verduras y frutas frescas contienen proteína, hierro y minerales los cuales benefician a la salud".

Algunos alimentos, como la avena, las lentejas, la cebada, la linaza, en grandes cantidades son mutantes de cromosomas, en su mundo estos estudios no han sido valorados para investigación.

Tomando en cuenta que hay alimentos que pueden corregir o destruir un sistema orgánico, aprender a cambiar la alimentación más natural, la ingesta de estos cereales en forma moderada beneficia a la salud.

Retomando los cromosomas, al mencionar raza sana no quiero decir raza perfecta, los problemas de salud se deteriora prontamente de acuerdo con el cambio climático.

La situación de salud de acuerdo al estado y conformación orgánico de cada ser tiene variantes y defectos genéticos, aunado la alimentación y cuidados de la persona, dan un resultado de vulnerabilidad.

VIRUS, GERMENES Y BACTERIAS

Regularmente el sistema mas castigado es el respiratorio, es el primero que recibe por vía área los virus, gérmenes y bacterias, distribuyéndolos al órgano afectar, es decir van programados a ingresar a un órgano u órganos sensibles.

Los gérmenes, bacterias y virus demasiados comunes en su mundo, han mutado y afectado importantemente sus vidas.

La capacidad de investigación de cada uno de ellos es nula, la aparición de cada uno de ellos desata investigaciones pero no lo mismo de respuestas.

Cada mutación es significativa, el desarrollo que presentan son problemas seguros para la comunidad.

Cada virus o bacterias mutadas tienen un desarrollo y evolución por lo menos de 6 veces, iniciando leve, pero en cada etapa desarrolla capacidades diferentes de fortaleza e insensibilidad a los métodos médicos tradicionales en su mundo.

Esos mismos procedimientos les han dado características y aleaciones destructivas, que pronto verán y probaran, cada cambio de virus debilita el sistema inmunológico, fortalecerlo sería ideal, pero a su vez proteger las células, ya que los nuevos virus y bacterias atacaran células y cromosomas.

La capacidad de estos virus, gérmenes y bacterias requieren un nuevo sistema de control a base de medicamentos naturales, cambiar su método es posible, ellos se están desarrollando y procesando insensibles a los medicamentos médicos actuales.

Pregunta: Esto es muy importante, pero aquí no es fácil que los investigadores, científicos y médicos, realicen investigación acerca de medicamentos naturales, son escépticos?

Respuesta: "Quizás, pero en algún momento tendrán que hacerlo, existen personas capacitadas pera apoyarlos, sabiendo que esto no pueden esperar mucho, los virus en especial están rebasándolos y el control según ellos lo tienen, pero no son objetivos".

CELULAS

Las células humanas son complejas y sensibles a diferentes factores del medio ambiente.

Cada una de ellas contienen información básica e importante para cada organismo, sin embargo el 92% registran defectos genéticos debido a las mezclas que se han dado a través de los años.

Las enfermedades se registran desde el momento de la concepción, al pasar los años las células por millones enferman o por envejecimiento se deterioran.

La ayuda que requieren las células en casos de padecimientos es reanimarlas a través de la energía, la acupuntura, electrodos, y otros métodos, sensibles a cualquier motivación energética reaccionan.

En el caso de la acupuntura se maneja indistintamente según las instrucciones de las culturas China o japonesa.

Los puntos conocidos para la aplicación de la acupuntura, requieren cambios sustanciales.

A través de los años se ha modificado y hubo un proceso de degenerativo en cuanto a la acupuntura, de una cultura a otra dando por resultado un tratamiento incompleto e irreal, en ocasiones insuficiente para los padecimientos comunes actuales.

Cada una de estas técnicas organiza a las células y órganos por llamarlo de algún modo "mantenimiento", es importante mencionar que cada uno de estos ejercicios se realiza mediante enseñanzas primarias, de acuerdo a su sistema de vida.

Este tratamiento se menciona y se relaciona con problemas de salud, sin embargo se aplica aún en individuos sanos, consiguiendo equilibrio en el organismo.

Los órganos básicos para lograr un equilibrio de salud son tres: corazón, hígado y la glándula tiroidea.

CORAZON

El corazón órgano vital para la sobrevivir, se divide en varias secciones las cuales son básicas para un funcionamiento en su totalidad.

Los auriculares por medio de la circulación inician el bombeo y durante el crecimiento desarrollan membranas de protección, al paso de los años se endurecen y causan problemas serios de oxigenación.

La distribución sanguínea a través del organismo, realiza una labor compleja, la cual construye o destruye las arterias y venas del organismo.

Cada vena o artería depende de la calidad de sangre, en ocasiones por problemas genéticos y/o edad, y cuidando durante el desarrollo, tanto en alimentación como cuidados físicos, es decir peso corporal ideal de cada ser humano, otro sensible problema para la comunidad terrestre.

Suministrar mantenimiento a la sangre es posible por medio de la oxigenación, en diferentes formas y sistemas existentes en su comunidad, siempre al cuidado de médicos que practiquen estudios de laboratorio básicos por lo menos cada 6 meses.

Pregunta: El conocimiento que hasta ahora tenemos del cuidado físico, practicarse estudios de laboratorio cada año, para detectar cualquier anomalía?

Respuesta: "Las cosas han cambiado, los virus y otras enfermedades han rebasado a la comunidad terrestre, esperarse 1 año para investigarlas, en ocasiones es demasiado tarde, inclusive para salvar la vida".

Pregunta: Hay familias completas con problemas de corazón, muy probablemente genéticos, es factible investigar si es un defecto de genes extraterrestres?

Respuesta: "Si, una de las razas con este error genético es la de los pleyadianos, sin embargo en la etapa en la que se encuentran actualmente, científicamente hablando, son capaces de detectar al feto dentro del vientre de la madre y se puede corregir este defecto.

Dándole oportunidad al feto de ser un ser normal y apoyando a sus siguientes generaciones, cuando se encuentre en la etapa reproductiva".

He comentado que los problemas de mezclas del ADN, se han presentado transformaciones en algunos organismos a través del tiempo.

Debido a la mezcla de ADN en el pasado con razas extraterrestres y humanas, han mutado y dando por resultado evoluciones no tan favorables, pero si importantes que en este tiempo se reflejan en diferentes formas físicas y orgánicas.

Pregunta: Esto se tenía contemplado cuando se repobló el planeta hace millones de años?

Respuesta: "Si, cada raza tenía sus grupos arreglado de acuerdo a sus tradiciones, cultura y conocimientos, pero al pasar el tiempo, se relacionaron con otros grupos e inicio la mezcla, afortunadas algunas y otras no tanto".

El proceso de mezcla a través de miles de años ha sido notorio, las mutaciones han significado cambios básicos importantes y se han justificado en tu mundo miles de razones, menos los ADN.

El tipo de sangre de algunas civilizaciones galácticas se caracteriza por algunos componentes genéticos y orgánicos, aun en la actualidad los humanos con genes de estas razas requieren mas oxigeno de lo usual de acuerdo a sus normas médicas, el corazón llega a tener problemas por estos errores genéticos hereditarios galácticos.

Por diferentes vías se han presentado problemas del corazón, una de estas razas galáctica que presentaba este error de oxigenación venía de una comunidad espacial, 32 mil años luz con hábitos y tradiciones alimenticias muy diferentes a los humanos.

En su planeta se alimentaban de hierbas y algunas semillas propias de su entidad.

Al ingresar a la tierra mutaron, realizándose cambios importantes en su sistema circulatorio, el oxigeno terrestre variaba en sus componentes de acuerdo con su galaxia, fue la causa trascendental por lo cual se modificaron sus genes y cromosomas.

Heredándolo sus descendientes humanos, reflejándose en la actualidad.

Pregunta: Cuantos grupos de extraterrestres repoblaron el planeta?

Respuesta: "Alrededor 120 grupos, llegaron de diferentes galaxias, en cada uno de ellos contaban con su cultura, lengua, deidad, alimentación, etc., propia de su lugar de origen, al paso del tiempo se ambiento al planeta tierra".

Pregunta: Podremos algún día conocer nuestros genes universales?

Respuesta: "En unos años mas se realizaran estudios en tu mundo, la investigación de alguna forma se modificara, ya que las enfermedades están rebasando a la comunidad terrestre".

Pregunta: Como se sabrá que genes galácticos tienen los humanos?, supuestamente no se conocen ni reconocen las razas extraterrestres, y en especifico sus genes?

Respuesta: "Fácil, investigando las culturas antiguas como la egipcia, griega, fenicia, culturas que están conectadas directamente con los extraterrestres y sus genes expuestos a la investigación".

HIGADO

El hígado órgano vital e importante, básico para subsistir, la capacidad de distribuir sus grasas y azucares y otras funciones con la vesícula biliar.

Los problemas comunes de este órgano sin importar edad, son problemas que se generan por la alimentación, edad, algunos padecimientos genéticos, etc..., a través del tiempo.

Actualmente hay un porcentaje importante de cáncer de hígado en la comunidad terrestre, básicamente por la alimentación, es un enfermedad silenciosa que cuando se presenta, en muchos de los casos no hay nada que hacer.

Gracias a los implantes y cortes que en su momento se realizan, dándole la oportunidad que se regenere, el hígado es un órgano noble, han podido salvar humanos, sin embargo la detección de esta enfermedad se puede hacer a través de la investigación de los cromosomas desde antes del nacimiento.

Pregunta: Como podría ser, si los estudios son básicos y muy caros, más bien son de investigación y no al alcance de cualquier persona?

Respuesta: "Estoy de acuerdo, mas bien tu mundo se entrega a las investigaciones y pocos resultados, haciendo pruebas inverosímiles para el resto del mundo.

Juegan con genes y mezclas de humanos, como si se necesitaran mas humanos poblando el planeta, cuando es un grave problema el que tienen por el sobrepeso al planeta".

Los alimentos deben ser lo mas posible naturales, para aligerar el proceso del hígado de azucares y grasas, evitando se deteriore prontamente.

Las diferentes proteínas que les atribuyen a los animales que comen, son parte de su destrucción, ya que son manipulados con diferentes químicos para hacerlos más apetitosos y comibles, aun enfermos se venden para alimentar a los humanos, esto es parte de cambio de la alimentación.

Pregunta: Por qué no debemos alimentarnos de las diferentes carnes, pollo, res, borrego, pescado, etc.?

Respuesta: "Las proteínas que le atribuyen son una fantasía, decirte si o no, es cuestión de cada humano. El alimento recomendable es la especie marina ellos son punto y aparte ya que el humano por lo regular no los manipula".

Los órganos son importantes en su totalidad pero cada uno de ellos tiene responsabilidad única, si alguno de ellos falla, el organismo se desequilibra de tal forma que conlleva a problemas mas significativos.

Pregunta: El hígado, en la actualidad se han desarrollado más casos de cáncer sin importar edad, se puede detectar con alguna prueba sencilla?

Respuesta: "Si, pero antes se tendrían que alimentar mejor, por medio de alimentos naturales, sin ser precisamente una dieta.

Sería por una semana, comiendo tres veces al día; desayuno: frutas amarillas, comida: atún en agua o filete asado, acompañado con ensaladas verdes, cena: verduras verdes".

Pregunta: Esta alimentación sería para darle mantenimiento al hígado, bueno además de comer sanamente, se detectaría algo en el hígado?

Respuesta: "Si, se realizaría un examen del hígado a través de un ultrasonido, en el caso de detectar sombras es el momento de asistir a estudios más minuciosos".

Pregunta: Se puede decir que esta alimentación es para desgrasar el hígado?

Respuesta: "Así es, debido al alto índice de cáncer en tu comunidad de este órgano, sería ideal llevar a cabo dos veces al año esta alimentación y realizarse el estudio.

Logrando detectar rápidamente debido a la escasez de grasa y facilitando el estudio".

Pregunta: Este tratamiento a que personas va dirigido?

Respuesta: "A cualquier persona con herencia de cáncer de hígado principalmente y personas mayores de 50 años de ambos sexos".

Pregunta: Esta alimentación con que clase de líquidos debe ser acompañada?

Respuesta: "Los líquidos se deben tomar convenientemente sin azucares y colorantes químicos, estos debe ser naturales, tomar por lo menos 2 litro de agua".

GLANDULA TIROIDEA

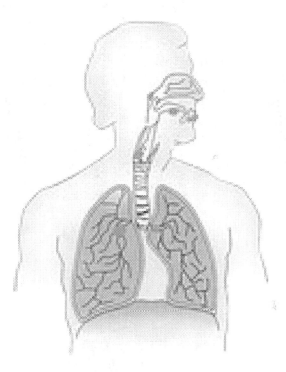

Sin duda uno de los órganos más importantes del organismo humano, tiene 101 funciones, cada una de ellas comienza desde la concepción.

Esta glándula regula la temperatura, la humectación de la epidermis, color de piel, el peso, la sensibilidad, etc..

Es muy sensible a los cambios hormonales, de acuerdo a la glándula hipófisis se coordinan para el trabajo orgánico.

Se requiere mantenimiento constante, es decir cada año por lo menos realizarse estudios preventivos para detectar posible anomalías en su funcionamiento.

En su comunidad terrestre se requiere, estudios de prevención constantemente, las enfermedades que se han desarrollado son por factores del medio ambiente, alimentación, social y genéticamente. La naturaleza se cobra a través de la salud, si respetan al planeta el planeta los respetara a ustedes.

Pregunta: Al comentar de genes se habla de mezclas, etc.., pero los órganos vitales de los humanos son parecidos o iguales a los antepasados galácticos?

Respuesta: "Hay diferencias, estas son de acuerdo a cada raza universal, una muy marcada es la falta de sudoración de los pleyadianos, sus glándulas sudoríparas son pequeñas, su organismo no requiere grandes cantidades de líquido y esta humectado como cualquier otro".

Pregunta: Nos serviría de algo saber nuestra procedencia galáctica?

Respuesta: "Si, por que sabrían que hacer con un problema de salud poco común, se encuentran enfermedades raras y no saben ni por donde iniciar el tratamiento.

Al saber de estos genes se podría diferenciar las mezclas de de cada ser, para identificar y facilitar la ayuda en salud, verificando mas verazmente cualquier anomalía que se les llegara a presentar".

DEGRADACION DEL PLANETA

Como lo comente en mi anterior escrito, la degradación del planeta se acelero a partir de 2004 a raíz del tsunami en el cual movió el eje de la tierra, humanamente no se puede hacer nada para mejorar este hecho.

Sin embargo las consecuencias se viven diariamente con los cambios climáticos.

Cada cambio que se avista es hasta el momento una prueba del cambio climático, aun se puede hacer mucho para revertirlo, siendo la comunidad terrestre una, es decir unión entre los pueblos.

Aun no relacionan los cambios climáticos con los problemas genéticos, pero muchas de estas modificaciones de genes fueron aceleradas por las mutaciones del clima.

Los problemas del cambio climático son variados y afectando diferentes ámbitos, con respecto a la salud, sistema respiratorio, sistema inmunológico y malformaciones genéticas, que representa un desgaste importante en la población.

Cada ser es único, sin embargo los órganos han recibido durante décadas mutaciones importantes, en los aparatos respiratorios y digestivos.

Los sistemas actuales han realizado proyectos científicos con criterios primordiales; cada vez que un ser humano respira aspira 3000 a 4000 virus, bacterias o gérmenes, los cuales se llegan ubicar en diferentes órganos, y otros gracias al sistema inmunológico desaparecen y no desarrollan.

Pero no todos, estos virus son parte de la vida de algún ser humano, que quizás no le darían problemas pero sería portador en potencia de algún virus.

De acuerdo a las estadísticas los enfermos respiratorios y digestivos es muy alto en la comunidad terrestre, cada uno de estos seres manejan virus, debido a los tratamientos y obsoletas investigaciones de los médicos, de cada 10, 9 son enfermedades causadas por un virus.

Arremetiendo contra los órganos vitales básicos para subsistir, sin embargo estos virus se mutan y desarrollan enfermedades en ocasiones desconocidas para los médicos.

Pregunta: El alza de temperatura ha modificado a las enfermedades en general?

Respuesta: "Las enfermedades son parte de los cambios climáticos, los virus se han mutado por cambios de temperatura entre otras cuestiones, quizás todavía no significativas para la comunidad terrestre; elevándose las temperaturas hay efectos y secuelas importantes para que sobrevivan".

Pregunta: El apoyo es inexistente, quizás requerimos un estratega que apoye en todos los ámbitos mundiales?

Respuesta: "Requieren un líder para poder salir de estos problemas serios que tienen con los cambios climáticos y otros menesteres".

Pregunta: Sabes quien podría ser esa persona?

Respuesta: "Los únicos que podrían poner orden en este planeta serían extraterrestres, la raza de los pleyadianos".

Pregunta: Muy contundente tu respuesta?

Respuesta: "Así de contundente requieren el apoyo, mas adelante sabrás por que".

PLEYADIANOS

Los temas en mis escritos varían de acuerdo a las necesidades del momento.

El siguiente tema es parte de la comunidad terrestre, pero aun sin estar de acuerdo en algunos de mis dichos, se que en su momento los aceptaran y forjaran un criterio acertado acerca de los extraterrestres.

Los logros que han traído para ustedes los pleyadianos son muchos, cada día evalúan cada paso que dan en su mundo.

Por las necesidades actuales de los humanos y las del planeta, que están en igual de circunstancias, problemas de equilibrio.

Pregunta: Los pleyadianos son una de las razas que repoblaron el planeta hace millones de años, hay más herederos en el planeta de esta en especial?

Respuesta: "Si, ustedes son herederos de ellos, no la totalidad de la humanidad, comente que había 120 razas las cuales habían repoblado la tierra".

Debido a la urgencia que tienen actualmente en su planeta, se requiere un líder con capacidades y habilidades diferentes, que conozca muy bien a tu mundo, y te aseguro que esos son los pleyadianos.

Pregunta: Sería difícil que la población aceptara primero por miedo y después por creer que nos someterían?

Respuesta: "Eso lo se y comprendo no están preparados, aun sabiéndolo la mayoría de los humanos que los extraterrestres existen, y tienen avistamientos muy seguido".

Pregunta: Algún gobierno lo aceptaría?

Respuesta: "Si México, por que en ese país es místico y mágico por la cultura que tienen. Líder no es precisamente que maneje una Nación, es guía, apoyo, estrategias, ideas, proyectos sin salirse del contexto de vida de la población, requieren apoyo extra, sino difíciles tiempos se les esperan".

Pregunta: Hace tiempo a alguien le pregunte, que hace miles de años llego a poner un estate quieto al mundo Jesús de Nazaret, y le preguntaba quien sería en este tiempo, y creo que me diste la respuesta o me equivoco?

Respuesta: "No te equivocas, en su tiempo Jesús hizo lo que tenía que hacer que de hecho fue planeado por el Dios del Universo, en esta época los extraterrestres son los únicos que pueden apoyarlos en sus necesidades prioritarias".

En el escrito anterior comente que los extraterrestres fueron quienes repoblaron el planeta.

Las civilizaciones galácticas son parte de su historia, quizás el reconocerlo sería un razonamiento importante para poder liberar dudas de su pasado y la aceptación de seres galácticos en convivencia con la comunidad terrestre.

Pregunta: Trabajaría abiertamente con el gobierno, sin enterarse la población?

Respuesta: "El gobierno tomaría esa decisión, no es fácil como comentábamos que las personas acepten la presencia y procedencia de un líder galáctico".

Pregunta: Los pleyadianos son los únicos que apoyan al planeta?

Respuesta: "Si, son parte de la humanidad, su apoyo y apuro es querer llamarles la atención entre otras cosas, para que reaccionen en la gran tarea que deberían de conocer, salvar el planeta, pero hasta el momento no cuentan con su apoyo.

Se degrada el planeta cada día mas y ustedes entre investigaciones y pruebas se les pasa el tiempo, sin valorar que todo tiene un límite y el planeta lo tiene".

Pregunta: Tenemos todavía oportunidad de revertir algo de lo que le hemos ocasionado al planeta?

Respuesta: "Si, pero tienen que estar unidos, como la comunidad terrestre que son.

Las divisiones políticas, sociales, religiosas en ocasiones son obstáculos para tomar decisiones conjuntamente.

Logrando una repartición de proyectos de acuerdo a sus necesidades actuales, sería un soporte importante, al hacer que cada país comparta sus proyectos e informe de ellos, con un solo sentido salvar el planeta y a los humanos".

Pregunta: Cada país tiene ideas y comprensión diferente del problema, unificarlos sería complicado, que se podría hacer?

Respuesta: "Tomar las cosas como son definir objetivamente con todo los materiales que existen en tu mundo, imágenes de la tierra, acerca del calentamiento global, las mareas suben, los virus se desarrollan, contaminación, desastres naturales.

Los animales sufren estos cambios, que harían en esos casos, y que además lo están viviendo y no precisamente en toda su magnitud.

Tomando en cuenta que hay unos países en mas riesgo que otros, valorando cuales son e iniciar apoyo".

Pregunta: La desintegración del los iceberg en el polo norte, es un problema grave según mi opinión, en que forma nos esta afectando?

Respuesta: Los iceberg eran el polo norte? no. El impacto ecológico por el calentamiento de la tierra esta haciendo estragos en esta zona, y en el planeta.

La altura de las mareas es un problema serio, la fauna, la apreciación de este lugar en específico es una forma de ver en gran parte la degradación del planeta, el agujero de la capa de ozono ha retomado relevancia y preocupación.

Siendo una guía natural para saber y reconocer que el planeta esta sufriendo cambios severos y preocupantes para la comunidad terrestre, y es el momento de razonar y comprender que el planeta necesita ayuda urgente".

Pregunta: La ayuda urgente sería concretada por prioridades, cual seria el orden?

Respuesta: "Como te decía según las prioridades de los países, en cada uno se ven diferencias, hay una prioridad que compete a todo el planeta.

La liberación de la energía acumulada en el núcleo de la tierra, esto actualmente esta modificando la capa magnética y las consecuencia ya se dejan ver y sentir, con algunos desastres naturales".

Los proyectos que les presentan los pleyadianos son variados, con tecnologías y ciencia, no conocidas en la comunidad terrestre.

Menciono lo anterior por que la comunidad terrestre requiere de su ayuda, únicamente ellos podrían ayudar en los problemas prioritarios del planeta.

En el anterior libro, comente que si ustedes no apoyan ellos tampoco, por que el problema objetivamente comprendiéndolo, es de la comunidad terrestre no de ellos.

Ellos aportan ideas y guía aun sin saberlo abiertamente ustedes, los momentos han sido muchos, a través de los contactos humanos que tienen, logran algunos objetivos, pero requieren el apoyo y unión de la comunidad terrestre.

Están en un punto crítico, la fecha del 2012 un año muy mencionado, predicciones mayas, Nostradamus, Biblia, Billy Meyer etc..., mencionando a los más leídos y conocidos, son parte de su verdad, cada uno a su manera comenta los sucesos de ese año en especial.

Se habla de la destrucción del planeta, cada uno a su manera llega a la misma conclusión y en resumen, el cambio climático y el desequilibrio social.

Los problemas climáticos actuales son parte de esos cambios de era, la era del sol se acerca ya que los planetas y el sol se alinearan el día 21 de diciembre del 2012.

Pregunta: Si e leído algunos de estos comentarios, y en verdad que son para reflexionar, para decir verdad unos muy dramáticos y preocupantes, el ciclo del sol según entiendo es lo que nos podría poner nerviosos?

Respuesta: "No solo del sol, el ciclo solar se menciona en la predicción Maya y es cada 5125 años ciclo solar, también la tierra tiene un ciclo que se acerca y conjuntamente se unirá con la del sol.

No se trata de esperar a ver que sucede, ustedes pueden hacer mucho para cuando llegue ese momento estén preparados y haber revertido algunos daños a el planeta y a la sociedad".

Pregunta: Crees que se pueda revertir?

Respuesta: "Si, pero de acuerdo con la comunidad terrestre. Crees que es imposible?, pero tienen que hacer mucho para que el año 2012 se pase sin muchos problemas".

Pregunta: Lo que e sabido, son básicamente los problemas del sol y el planeta, no creo que esto lo podamos arreglar?

Respuesta: "Crees que el planeta girara y comenzara a modificar su eje, no será así, básicamente serían desastres naturales como movimientos telúricos, incendios importantes, inundaciones pero aun así, con apoyo de la comunidad terrestre iniciando labores conjuntas el daño puede ser menor.

Esto no significa que se acabara el mundo estos cambios se encuentran abiertos a lo que ustedes decidan como comunidad terrestre, hasta el momento ningún país se a abierto a iniciar el apoyo mundial para en verdad revertir los daños al planeta y a la sociedad".

Los pleyadianos son parte de estos cambios y ellos están dispuestos a apoyar a la comunidad terrestre.

El problema es que ustedes no están preparados para conocer y reconocer un pleyadiano dispuesto a apoyarlos.

Las naciones son problemáticas ocasionalmente por los gobernantes, tienen miles de necesidades pero poca comprensión a las soluciones rápidas y eventualmente complejas a los diferentes puntos de vista de otras naciones.

Los pleyadianos son personas iguales a ustedes, solo sus capacidades intelectuales y habilidades mas desarrolladas.

Pregunta: Estoy de acuerdo contigo, pero se requiere el apoyo, y es de inmediato, según comentaste es por medio de estrategias que se podrían revertir los desastres naturales que se esperan para el año 2012?

Respuesta: "Si, además cuentan con conexión al universo es primordial para lograr este objetivo, de cada nación se requiere su cooperación y disposición para el problema actual del cambio climático, es básico, ¿realmente comprenden el problema en el que se encuentran?".

Pregunta: No creo, las personas se ven indiferentes a estos problemas creyendo que son exagerados y los cambios climáticos van a pasar, habrá una forma de llamarles la atención?

Respuesta: "Si, pero es de acuerdo a cada país, los problemas no son los mismo en cada nación.

Paris tiene un río en medio de su ciudad, es una nación que tendrá en que pensar y que hacer en caso que suba el nivel del río a partir del 2010; en cada país se ven algunos problemas, no todos todavía".

Pregunta: Crees que se logre, lo creo tan imposible, la información acerca del año 2012 son variadas, y muchas personas piensan que es imaginación de unos cuantos, ¿pero es verdad?

Respuesta: "Es la verdad, sabiendo de donde viene la información de personas especiales, con predicciones y unas con exactitud aritmética astronómica como la civilización de los mayas.

La interpretación de cada uno de estos dichos quizás no es literal, pero todos opinaron en su momento que los desastres serían inminentes en ese año".

El ciclo solar y del planeta tierra iniciaron su proceso de cambio ciclónico en el año 1992, por lo tanto a lo largo de estos 20 años habrá modificaciones drásticas en su medio ambiente, lo cual ha ido sucediendo paulatinamente.

Más pruebas de las que están viviendo, como la desintegración del polo norte, huracanes y tornados de más potencia, y aun falta los cambios de las temperaturas mundiales.

Pregunta: La unión hace la fuerza como se dice, pero de cuantos países estas hablando para que se pueda apoyar al planeta?

Respuesta: "Así es, se necesitan por lo menos 500 naciones unidas por un mismo bien en común, con lo cual se podría revertir por lo menos el 60% de los problemas climatológicos".

La situación no es fácil y la toma de decisión con algunos personajes de las Pleyades, es una buena opción, las estrategia son practicas y viables; todo esto para sanar dentro de lo posible los problemas climáticos.

Sin embargo, ellos vigilantes del planeta, están preocupados, al ver que la comunidad terrestre no realizan esfuerzos en común.

Científicos de 20 países se han reunido para intentar liberar la energía del núcleo de la tierra, ese sistema no es suficiente, no han logrado el objetivo y el tiempo pasa.

Así como ellos, lo han intentado varias naciones, con diferentes técnicas y sistemas, logrando únicamente prueba y error.

En si el desgaste del planeta es un problema por los años que tiene de vida, adicionando lo que ustedes le han hecho, requiere prontamente una restauración dentro de lo posible.

Cada evento que sucede día con día, en su firmamento es de relevancia, como la que sucede actualmente, la aparición de flotillas de naves espaciales.

Es guiada por la Confederación Galáctica, es un grupo magno, la cual la conforman diferentes galaxias, a diferencia de las Naciones Unidas que son naciones del mismo planeta.

Uno de los objetivos es apoyar a la comunidad terrestre con la capa do ozono.

El proyecto lo están llevando a cabo actualmente, es la reestructuración de la capa de ozono, tiempo estimado de dos años.

Quizás el tiempo es largo, pero el problema es grande.

Las problemas que hasta ahora han visto y vivido, son pocos a lo que se espera si no hacen un esfuerzo de modificar y lograr adentrarse en esta problemática.

Los pleyadianos que les comentaba son accesibles y sensibles, proporcionando su tiempo y espacio para apoyar a los gobiernos que lo requieran.

Pregunta: Es atractiva tu propuesta de los pleyadianos, pero como se contactarían?

Respuesta: "Fácil, sería con la persona que esta contactada con ellos y tu sabes quien es".

Pregunta: Crees que estemos a tiempo?

Respuesta: "Lo están, se que alguien se apoyara con los pleyadianos, y no pasara mucho tiempo, después de este comentario".

NAVES ESPACIALES PLEYADIANAS

Las naves pleyadianas navegan en el universo, con la sensación de encontrarse en la nada, espacio lúgubre y sin vida, aparentemente.

Cada nave designada por altos mandos galácticos en los puntos importantes del universo, para la investigación y desarrollo de proyectos.

Cada una traen consigo señalamientos e indicaciones para trabajar con cada planeta, dependiendo del tipo de vida que se manifieste en el lugar asignado, encontrándose en ocasiones distintas experiencias.

Sin importar civilizaciones, lleva diferentes destinos, logrando sus objetivos y regresando a su civilización.

Los planes de vuelo una vez que se realizan quedan registrados en una bitácora, se registran para llevar un control de la nave y vuelos efectuados.

Si por alguna razón no se puede cumplir el plan de vuelo y los objetivos, se les autoriza mas tiempo para alcanzar el objetivo planeado.

El problema de ellos en cuestión de accidentes muy bajo su porcentaje, debido a la tecnología que manejan.

En los años 70´s, hubo una coalición de 3 naves en Nuevo México, los cuales fueron rescatados por sus mismos consanguíneos.

Sin notarse en su territorio de este error.

Cada civilización tiene modelos diferentes de naves, según el plan que se tenga se planea la nave que usara.

Esto se debe a las salidas que tengan fuera de su atmósfera y lugar o lugares que visitaran.

Los problemas que se les presentan dependen al lugar donde aterricen, ciertamente que en la tierra hay contaminación y el problema pulmonar se les desarrolla.

Las investigaciones que realizan en el planeta tierra son las opciones con las que cuentan para apoyarlos científicamente y tecnológicamente.

Cada uno de estos logros, fueron alcanzados a base de pruebas en el medio ambiente, genéticamente, geológicamente, a través de varios años de visitas realizadas a su planeta.

Las pruebas realizadas arrojaron diferentes formas de vida en su planeta, es decir su formación y desarrollo físico a través de los siglos, la capacidad de razonamiento, el crecimiento y desarrollo intelectual, científicamente adelantos y sistemas obsoletos aplicados en la vida diaria.

Ecológicamente la falta de información acerca de la diferentes vidas de animales y plantas aun no descubiertas por el humano, la desinformación de la alimentación natural, el cuidado y el respeto al planeta, la inexactitud de cultura al cuidado de los diferentes medios habitables respetando la naturaleza.

El desarrollo en exceso de humanos, la falta de comunicación social entre las familias, desinformación de las malformaciones físicas que han desarrollado algunas civilizaciones humanas.

Cada una de estos proyectos que fueron realizados y están a tiempo para las necesidades que requieren en la actualidad.

Este conjunto de investigaciones fueron elaboradas gracias a los comentarios y hechos de algunos humanos que sin darse cuenta lo comentaron a pleyadianos en persona.

Como se darán cuenta no hay diferencia física con ustedes y ellos, han trabajado arduamente para la valoración de su planeta.

Con esto no quiere decir que se han usado o abusado físicamente y mentalmente de los humanos investigados.

La forma que se desarrolla esta investigación es a través de electrodos y con la autorización de personas que los aceptaron.

A lo largo de la historia se a dado a conocer personas que fueron asistidas médicamente en naves espaciales, las mismas que fueron hostigadas, investigas, agredidas y diagnosticadas psiquiátricamente, por creer que se encontraban mal de sus facultades mentales.

Pregunta: Las investigaciones fueron realizadas en diferentes países y cuales?

Respuesta: "Fueron aproximadamente 4521, y me dirás si te los nombro, fueron de los 5 continentes".

Pregunta: Para que sirven las investigaciones que realizaron los pleyadianos en nuestro planeta?

Respuesta: "La valoración que realizaron en el planeta es una base de datos para informarlos de las estrategias a aplicar para el rescate del planeta tierra".

Pregunta: Los pleyadianos son los únicos visitantes del planeta?

Respuesta: "No, hay varias civilizaciones que los visitan, pero solamente los pleyadianos están autorizados y asignados para proporcionar ayuda tecnológica y científica a los terrestres".

Pregunta: Ellos por que apoyan a nuestra galaxia?

Respuesta: "Ellos han sido preparados para apoyar a diferentes galaxias, son una civilización muy desarrollada intelectualmente y con habilidades especiales, no creas que toda la población se dedica a apoyar a las galaxias, has de cuenta que es como la Cruz Roja de tu mundo pero esta es galáctica".

Pregunta: Asignados por quien o quienes?

Respuesta: "Comisión Galáctica, la cual abarca varias galaxias, las asignaciones se dan a diferentes civilizaciones extraterrestres precisándoles una civilización galáctica para proporcionar ayuda, en el caso de tu galaxia designaron a los pleyadianos".

Pregunta: Por que sus naves están alrededor del mundo, ya son muchos años que hacen lo mismo?

Respuesta: "Es la forma de llamar la atención a los humanos, para modificar sus pensamientos respecto a la creencia de que son únicos en el universo".

Pregunta: Muchas personas saben que existen, pero la variedad de extraterrestres es muy diversa, según comentan, la información es confiables?

Respuesta: "No, algunos son malandrines y vienen a tu planeta a llevarse gente para investigación, esta clase de seres son pocos y los pleyadianos como parte de su trabajo es cuidar que no entren a la tierra".

Pregunta: Solo espero que alguien los reciba para el apoyo urgente que necesitamos en la tierra, con quien sería acertado se presentaran?

Respuesta: "Los gobernantes son parte de estos trabajos urgentes, y por lo menos uno de ellos sería quien estaría abierto para conocer y dar apertura de esta ayuda".

La tierra sufre de presión atmosférica, se requiere urgentemente liberar la energía del núcleo de la tierra, quizás esta es la oportunidad de salvar mas personas esta en nuestras manos, me incluyo y entrego mi guía.

Los científicos investigan y le dan tiempo al tiempo, creando ideas y proyectos sin saber que este lapso es valioso en este momento.

La capacidad de la comunidad terrestre es básica para el reconocimiento y valoración de los problemas que se encuentran en el planeta.

La urgencia no solo es por parte del sol y del planeta, la sociedad esta desintegrada con hambre de límites y de solidaridad.

Pregunta: Eso se conoce en todo el mundo, que no se reconozca es otra cosa, los apoyos los necesitamos, pero no hay guías para sofocar las urgencias del planeta y de la sociedad?

Respuesta: "Estoy de acuerdo, el deber ciudadano es sacar la fuerza y firmeza para buscar y encontrar liberaciones de pendientes, que encontraran la forma de salir adelante".

Pregunta: Y "en donde están", solo se habla de problemas y desastres naturales, con quien podemos contar y saber que hacer, habemos mucha gente que pretendemos apoyar, se que el apoyo será o es de los pleyadianos?

Respuesta: "Solo te puedo decir que ellos están muy cerca de ustedes".

Pregunta: Como sabré, quienes son y ojala lleguen a tiempo, estoy medio preocupada, veo pasar el tiempo y nada aparentemente pasa?

Respuesta: "No solo eres tu, hay gente preocupada y con grupos en espera de acción, pero falta el apoyo y guía. Quieres saber exactamente quien estará apoyando y guiando"?

Pregunta: Si se puede.

Respuesta: "Como ya sabes los Pleyadianos, y eso no creas que es uno son varios alrededor del mundo, ellos están cerca y en cada país estarán apoyados por los extra."

Pregunta: A cuantos países apoyaran?

Respuesta: "Anteriormente comente que se requerían 500 países para salir adelante, y será el mismo número de pleyadianos."

Pregunta: Será uno por país, ambos sexos?

Respuesta: "Así es, en algunos países habrá mas apoyo que en otros, por una razón, en algunos países se encuentran contactos humanos, conociendo el día y la hora de llegada del guía extra que arribara a su país. Son ambos sexos, en las galaxias regularmente no hay diferencias."

Pregunta: Me podrías comentar en que países estarán, claro algunos, y van llegar todos en la misma fecha?

Respuesta: "En Europa Francia, Inglaterra, Grecia, En América, México, Cuba y Argentina, Oriente China, India y Emiratos Arabes, estos son los primero que serán apoyados por los galácticos."

Pregunta: Entonces el ingreso a la tierra de los pleyadianos va a ser gradual, hasta a completar los 500?

Respuesta: "Así es, inicia en Octubre y termina el ingreso en el mes de Diciembre del 2010."

Pregunta: Con que van a iniciar, y por que seleccionaron esos primeros países?

Respuesta: "Cada país tiene sus problemas, pero eso si te digo todos enfocados al cambio climático y la desintegración del planeta, el orden solo ellos lo sabrán. La selección de cada país depende de sus coordenadas, de acuerdo a la capa electromagnética de la tierra."

Pregunta: Estarán cerca de los gobiernos o de quienes?

Respuesta: "De personas que reconocen sus apoyos, sin causar pánico, no es necesario que sepan de donde vienen, recuerda que son iguales a los humanos, pero con capacidades intelectuales y habilidades avanzadas."

Pregunta: Hablan los idiomas de todos los países que apoyaran?

Respuesta: "Recuerda que son poliglotas, su capacidad mental y sus muchas habilidades".

Pregunta: Que tiempo permanecerán en el planeta?

Respuesta: "El tiempo que se requiera, ellos están dispuestos a apoyarlos hasta terminar los proyectos que iniciaran con la comunidad terrestre".

Pregunta: Apoyaran también socialmente, estamos bastante mal, ya sabes matanzas, pruebas nucleares, guerras, derrocamientos, malos gobiernos, etc.

Respuesta: "También de ese lado, pero una cosa trae a otra, cada uno de los extras van preparados para resolver problemas básicos y este es uno de ellos."

Pregunta: Es bueno saberlo, pues a esperar el apoyo, crees que las personas llegarían a pensar que llegarían a imponer sus ideas?

Respuesta: "No por que todo va por lo mismo, la imposición sería tomar decisiones y mandarlos, pero no es así, la base es la comunicación, comentar, planear y organizar para un bien mundial."

Pregunta: Van a seleccionar a las personas que trabajaran con ellos?

Respuesta: "De alguna forma si, las personas que tengan ganas y fuerza para trabajar conjuntamente y apegarse a los proyectos definidos".

Pregunta: Bueno hay esperanzas para salir adelante, quizás en no forma usual y tradicional, pero hay soluciones, no crees?

Respuesta: "Si, pero recuerda que ellos estarán trabajando para ustedes, y no habrá ninguna retribución de ningún tipo después de terminar el trabajo que vienen a realizar. Ellos son enviados por la Confederación Galáctica."

DIOS DEL UNIVERSO

La deidad del infinito Dios único creador del Universo.

Son frases muy mencionadas por ustedes, sin embargo la conciencia acerca de El, son variadas de acuerdo a su religión.

Cada filosofía comienza con un Dios único, el cual cumple de acuerdo a sus ideas e ideales.

El Universo se rige por El, con todas las galaxias se comunica y comparte sus dones.

Los momentos de acercamiento son de acuerdos a sus necesidades y pesares.

Todos los humanos lo convocan cuando no entienden sus vidas y le hace solicitudes de sus necesidades del momento.

La ayuda llega en un lapso corto y llegara lo que necesites no lo que quieras.

Este ser infinito, que nadie ha visto, es parte del universo único y confiable, se encuentra en cada lugar del universo, es diferente en cada planeta y dimensión, solo El puede comunicarse con millones de humanos y de extraterrestres al mismo tiempo.

Los individuos tienen nociones de este ser universal, sin embargo las ideas que se han forjado de El, todo poderoso creador del universo, que únicamente esta para recibir peticiones, no es así.

Cada solicitud es una petición al universo y conlleva a una vida, forjando su fe en el dios del universo.

Creando y logrando reforzar la fe a si mismo que se despliega y motiva al crecimiento de espíritu.

Cada ser único en su ser logrando sus objetivos y crecimiento de si mismo.

Al llegar al punto de sentir y vivir la compañía del Dios del universo en su vida diaria.

Los cambios en cada individuo son importantes, y deben ser permanentes, es parte del crecimiento espiritual y de luz, que hace que cada individuo modifique su ser.

Estas modificaciones son importantes para los mementos que requieren para el año 2012, cada ser necesita estar equilibrado con el universo, con lo cual se apoyaran en el cambio de era.

Pregunta: El Dios del universo estará junto a nosotros durante la conexión espiritual al llegar el 2012?

Respuesta: "Sí, este proceso espiritual es la conexión al universo, y es un proceso que se debe iniciar de inmediato, El Dios del universo no creas que estará hablándoles y atrás de ustedes, es una parte de crecimiento y madures espiritual, son seres de luz y como tales deben iniciar la preparación".

Pregunta: Como prepararse?

Respuesta: "Los problemas y las emociones negativas no permiten tener la luz necesaria para estar equilibrados espiritualmente".

Pregunta: Sería modificar nuestras emociones y vida en si?

Respuesta: "Así es, tomando en cuenta que en cada ser se encuentra un espíritu libre y decido o quizás no tan decidido, pero estará pasando lo mismo que cualquier humano en el 2012".

EL UNIVERSO

Infinito e incierto, solitario y libre, al mismo tiempo peligroso.

El Universo se conforma de diversos materiales entre ellos sólidos, gaseosos y basura terrestre, principalmente sólidos.

Creen que los planetas se cubren de gases, pero son sus capas magnéticas, con diferencias notorias en su composición.

Plutón tiene gases tóxicos, los cuales modifican el oxigeno y con el tiempo se han mutado, en el caso de la luna su atmósfera es limpia, el calor del sol la ha liberado de gases.

Los aerolitos se crean a través explosiones de estrellas y cometas, los residuos no tienen tamaño y se consolidan de diferentes materiales.

Cada aerolito se crea a partir de miles de años siendo un peligro para algunos planetas, navegan en el universo sin destino, con riesgo de que algún planeta lo atraiga y colisione con el.

La tierra a través de sus diferentes etapas, ha sufrido problemas de colisiones, siendo una de las más importantes el encuentro que tuvo con tres aerolitos, la cual termino con la primera etapa de la tierra.

Los aerolitos están integrados de materiales únicos, en su mayoría desconocidos por ustedes, regularmente las piedras al ingresar a su atmósfera cambian su composición, dicho cambio se debe básicamente a su medio ambiente y contaminación.

El universo se conforma de diversos sistemas solares, en los cuales se encuentran planetas habitados y en su minoría desabitados.

Los planetas habitados los residen personas similares a ustedes, pero no en todos, cada raza se encuentra en diferentes etapas de desarrollo físico, científico y tecnológico.

Existen 15 sistemas solares en el universo que como ustedes, no cuentan con tecnologías avanzadas espaciales.

Sin embargo la calidad de vida en que viven es diferente a la de ustedes.

La tierra tiene muy pobre sus conocimientos de medio ambiente y ecología.

Aun en este tiempo a pesar de esfuerzos mundiales, para informar a la comunidad terrestre de los problemas prioritarios del planeta, el 86% de la población no reconoce la gravedad de estos.

El otro 8% reconoce la gravedad del problema, y sabe que se necesita el apoyo de tecnologías, aun no siendo de este mundo.

El 6% reconoce el apoyo de los pleyadianos y de otras civilizaciones y desea conocerlos personalmente, creándoles sentimientos encontrados.

Las ideas que tienen de ellos son alteradas de acuerdo a su imaginación, basándose en la publicidad y escritos existentes en su comunidad, en ocasiones transformándolos por la falta de objetividad y la realidad acerca de estos seres galácticos.

Los pleyadianos son similares a ustedes, tienen algunas diferencias físicas, no tienen vello, regularmente de piel clara, poliglotas, la estatura regular es de 1.90 metros, hombres y mujeres, teniendo una buena calidad de vida a pesar de los años, piel sensible al medio ambiente de la tierra.

Cada civilización tiene diferencias físicas con los humanos, siendo individuos sencillos en su trato y sensibles en su mayoría.

La galaxia más próxima se encuentra a 15 mil años luz, esta abierta a la comunicación con ustedes, cientos de años antes de la creación de los satélites espaciales, a partir que estos iniciaron un proceso de comunicación más fácil y dinámica.

SATELITES ARTIFICIALES

Alrededor del planeta se encuentran ubicados cientos de satélites, los cuales a través de las ondas que esparcen en el espacio sideral, se abren las comunicaciones a otras galaxias.

Por lo tanto en diferentes galaxias son conocidos en sus diferentes facetas humanas.

Los jóvenes galácticos gozan al escuchar algunas notas musicales de su comunidad, dándoles motivo para querer estar entre ustedes.

Situación que no es posible por el momento, por estar en problemas su planeta, después de unos años estarán compartiendo sus notas y algo más con los humanos.

Pregunta: La comunicación satelital se creo hace ya tiempo, pero dices que ellos captan las ondas de la tierra, pero la comunicación es reciproca con los habitantes de la tierra?

Respuesta: "Ellos se comunican desde hace un buen tiempo con terrestres a través de señales satelitales, y desde luego en los radios de aeropuertos, gobiernos, Nasa y algunos seres terrestres captan las frecuencias galácticas".

Pregunta: Con los contactados hay amistad?

Respuesta: "Así es, pero la información que tienen la comunidad terrestres de los galácticos es básica, ellos limitan la información, no es el momento de conocerla".

Pregunta: Es con una o varias galaxias la comunicación de los humanos?

Respuesta: "Es con varias galaxias, tienen un alcance importante las ondas satelitales en el espacio, por lo cual pueden ser captadas en diversas galaxias".

Pregunta: Que idioma hablan, hay alguno que sea universal, me imagino que no todos hablan nuestros idiomas?

Respuesta: "Muchas de estas comunicaciones se efectúan a través de sonidos, no todos tienen el don del habla, solo son telepáticos".

Pregunta: Y usan la telepatía con los humanos contactados?

Respuesta: "No por que el sonido es mas practico y usual entre ellos, cada uno le da significados a los sonidos".

Pregunta: Han apoyado los pleyadianos en la creación de los satélites?

Respuesta: "Ten por seguro que en todas las ciencias exactas han estado ellos".

Pregunta: Que países tienen información de los extraterrestres, a través de las ondas satelitales?

Respuesta: "Por supuesto los países mas avanzados en sus tecnologías aeronáuticas y espaciales".

Pregunta: Los datos son variados dependiendo del país contactado?

Respuesta: "No, es información para ellos confidencial, en cada país tienen seguridad creyendo ser los únicos de tener esos testimonios, pero casi todos tienen la misma información".

Lo mismo sucede con la televisora que se trasmite por satélite, por lo tanto, en muchas de las galaxias tienen cocimiento de su modo de vida e idiomas a través de estos sistemas.

Dos de los tres planetas entrantes se ubicaran en las orbitas de Plutón y Neptuno, esta energía que aportaran al sistema solar será reflejada a través de las ondas espaciales.

Las cuales se proyectan hacia el interior del planeta a través de la atmósfera, son cambios energéticos y ondas positivas hacia la tierra.

Por el momento entraran al sistema solar dos de ellos, los cuales ingresaran a partir del mes de Enero del 2010, en el 2011 entrara en orbita el tercero, el cual se ubicara al otro extremo de Neptuno.

Dichos cambios son beneficios a la Tierra, la energía que despide cada planeta "nuevo", se aprecia renovando las capas terrestres, de igual modo al núcleo del globo terráqueo, el cual se encuentra sobrecargado de energía, se modifica la energía de negativa a positiva.

Pregunta: Por que estos tres planetas que ingresaran al sistema solar, vienen a apoyar a la tierra con energías nuevas?

Respuesta: "Estarán en su orbita de acuerdo a lo planeado por el dios del universo, para el cambio de ciclo solar y de la tierra. Su energía es básica y quizás por el momento no entendería la comunidad terrestre las modificaciones en si del sistema solar".

Pregunta: Por lo que comentas todo se alinea de acuerdo a los cambios de era, se puede decir que se renovara hasta el sistema solar?

Respuesta: "Así es, los cambios ciclónicos se inician en fechas planeadas, abarcado todo lo que se compone en el sistema solar, y ustedes son parte de este. Quizás difícil parece este paso para la comunidad terrestre, es normal nunca han transitado por uno".

Pregunta: Es complicado tratar de razonarlo?

Respuesta: "No es fácil, es una etapa diferente a lo que a vivido la comunidad terrestre, se darán cuenta que los años vividos son para algo mas que estar peleando y sangrando al planeta".

Pregunta: Pues solo nos falta estar en condiciones para lograr pasar el cambio de era?

Respuesta: "Lo estarán los seres que quieran estarlo, algunos seres miran y no ven, escuchan y no oyen, eso dependerá de la sensibilidad y crecimiento de cada uno de ellos".

FAUNA

Los animales en general en la actualidad presentan mutaciones importantes, en tamaño y agresión.

En la parte de norte de Australia y Singapur, se encuentran dos especies de arácnidos gigantes, los cuales han presentado mutaciones alarmantes a lo largo de dos años, tiempo muy corto.

Estos cambios se deben a las modificaciones ambientales, ecológicos, principalmente a los químicos a lo que han estado expuesto, con pruebas nucleares y otros químicos nuevos.

En la parte baja de Australia se ubican laboratorios, los cuales desechan los desperdicios a bosques, afectando gravemente a la fauna en general.

Los daños ecológicos son reversibles, siempre y cuando modifiquen su forma de vida.

Estas modificaciones son parte de los cambios ciclónicos, deberán estar en línea con la naturaleza lo cual es básico, para la creación de nuevas especies y su hábitat debe ser rehabilitado y respetado en su totalidad, será una nueva cultura de ecología.

Cada ser viviente merece tener vida y calidad, aun siendo animales es un ser vivo que depende de los humanos.

Las especies conocidas tienen cambios y mutaciones a través de los siglos, sin embargo una clase natural de animal que ha respetado sus etapas son las hormigas.

Sus colonias son antigüistas y sin tanto truco en apariencia, son insectos inteligentes al crear sus viviendas del mismo modo que hace millones de años.

Es una de las pocas especies que ha salvado guardado su hábitat natural.

Las mascotas animales adoptados como tales, de gran variedad, se encuentran en un momento de cambio, las enseñanzas que hasta ahora han tenido serán modificadas.

Pregunta: Que modificaciones tendrán las mascotas?

Respuesta: "Estas especies habitan en viviendas domesticadas y con costumbres humanas, si los humanos modifican sus actos ellos también lo tendrán que aprender, en cuestión de baños y sus heces".

Pregunta: Bueno eso se vera en el proceso del cambio esperado, no es así?

Respuesta: "Así es, solo te doy ideas y no creas que todo esta dicho, aun falta, la información que hasta el momento e mencionado es básica para la comunidad terrestre".

Pregunta: Te agradezco todas tus palabras y guías, cuando habrá más información, me comentaste hace tiempo que serian 6 capítulos este es el segundo, para cuando será el 3?

Respuesta: "El siguiente será mas adelante sin fecha, como en estos dos, los temas serán variados, con temas del momento".

Pregunta: Quieres mencionar algo más?

Respuesta: "Solo la fe y la luz en si mismos, la capacidad de iniciar los cambios para el 2012.

Que logren objetivos personales y sensibilidad a la vida. Gracias por escucharme por definirlo de algún modo y estar en reflexión después de leer lo anterior".

DESPEDIDA DEL CUATE

Agradezco su tiempo y el espacio al leer estas líneas y continuare con ustedes a través de estos escritos, demostrándoles que se puede crecer en espíritu y materia logrando el equilibrio.

"SANDEN A MORFIN (hasta luego), recuerda Dios del Universo esta con ustedes."

Pregunta: Que lenguaje utilizaste?

Respuesta: "La misma que tu conoces, lengua muerta de las playades."

Hay razones por que les doy esta información, es verídica y concientemente se pone a su razonamiento.

Estas fueron las últimas palabras que me dio el Cuate, a través de la escritura automática, siendo un gran logro en mi vida personal, ya que el aprendizaje que adquirí es un tesoro de vida.

Hasta el próximo capítulo.

Adis

ÍNDICE

Imágenes tomadas de:
http://en.wikipedia.org
http://commons.wikimedia.org
http://pixabay.com
http://www.clker.com
http://www.publicdomainpictures.net
http://www.nasa.gov/